Regine C. Henschel
Gefühlte Lage: sonnig

SERIE PIPER

Zu diesem Buch

Ohne ihren Mops und Herrn Kaloke, den Nachbarn in Filzpantoffeln, geht gar nichts: Herr Kaloke springt als Hundesitter immer dann ein, wenn das Frauchen Sisi Wall wegen akuter Notfälle wie Liebeskummer oder gestohlenem Auto aushäusig unterwegs ist. Und das ist Sisi oft, denn sie hat von ihrem Großvater nicht nur Antiquitäten und einen Mops, sondern auch den Mut geerbt, eine Galerie in Berlin zu eröffnen. Gott sei Dank hat sie ihre unbekümmerte Freundin Moni aus dem Eso-Shop. Doch dann lernt sie diesen schüchternen Psychologen von gegenüber kennen. Dabei hatte sie es sich so schön eingerichtet in ihrem Leben – ohne Mann. Ein charmanter Roman über die Liebe und die Frage, ob es auch ohne geht.

Regine C. Henschel, geboren 1968, studierte Philosophie, Literatur und Publizistik. Sie war TV-Redakteurin unter anderem für Arte, ZDF, MDR und 3sat, arbeitete redaktionell an zahlreichen Fachpublikationen mit und war Referentin für Presse- und Öffentlichkeitsarbeit für verschiedene Firmen und wissenschaftliche Institute. Sie lebt in Berlin – ohne Mops, den hat aber ihre Freundin.
Weiteres zur Autorin unter
www.mopsfidele-zeiten.de

Regine C. Henschel
Gefühlte Lage: sonnig

Roman

Piper München Zürich

Originalausgabe
November 2006

Umschlaggestaltung: Cornelia Niere
Umschlagabbildung: Oliver Elsner
Foto Seite 2: Oliver Elsner
Satz: EDV-Fotosatz Huber/Verlagsservice G. Pfeifer, Germering
Druck und Bindung: Clausen & Bosse, Leck
Printed in Germany
ISBN-13: 978-3-492-26187-6
ISBN-10: 3-492-26187-6

www.piper.de

Inhalt

Sonne, Sand und Träume

Das Meer rauschte ganz leise in weiter Ferne. Dort, wo die großen Containerschiffe in der Fahrrinne vorbeizogen. Der Strand lag viele Kilometer lang und breit wie eine glückliche Verheißung aus Sand vor uns. Diesen Anblick kann selbst Jumeirah Beach nicht bieten. Es war Ebbe und die Sandbänke lagen frei, durchzogen von den Prielen mit knietiefem Wasser, über die ich Mopsi trug. Er tobte über den Strand. Soweit ein Mops überhaupt toben kann.

Ich ließ mir den salzigen Wind um die Nase wehen und dachte über Liebe und Freundschaft nach. Moni hatte sich an einem Abend Hals über Kopf in Peter verliebt. Und er sich in sie. Und ich? Was empfand ich für Sigi? Ich konnte die Dinge immer herrlich verkomplizieren. War Sigi für mich ein Freund in der Art meiner ältesten Freunde? So ein Lebenslangbegleiter wie Harry?

Sigi bedeutete mir mehr, und das wusste ich ganz genau. Er hatte mein Herz erobert. Nicht im Sturm, sondern ganz leise. Es war einfach passiert. Und dabei war mein Leben doch so gut gelaufen. Beschaulich nahezu. Ich hatte mich gut eingelebt zwischen den Tagträumen, meinen Freunden und dem neuen Buchprojekt, für das ich alle Zeit der Welt einplante. Und mit Mopsi Conrad, meinem Hund. Was also sollte das jetzt? Sigi passte nicht in meinen Plan. Wenn Sigi da war, dann konnte ich nicht schreiben. Und falls es nichts werden würde mit ihm, dann könnte ich auch nicht mehr schreiben. Dann wären sogar meine Tagträume trist und meine Freundinnen würden unter meinem Katzenjammer leiden. Bis sie sich ganz zurückzogen. Und mir bliebe nur noch meine kleine Galerie, die inzwischen von der Aushilfe besser geführt wurde als von mir selbst. Und ein Mops, der das Gesicht zu meiner Stimmung hätte.

Was war bloß passiert? Ich hatte mich doch so schön eingerichtet mit mir selber. Ich wollte keinen Mann mehr an meiner Seite. Alles Dussel, die meinen Lieblingsjoghurt Banane-Vanille ungefragt aus dem Kühlschrank nahmen und aufaßen und mir mit den teuer bezahlten Cantucci den Flokati voll krümelten. Die einen belogen und wahlweise mit der Sekretärin oder der besten Freundin betrogen. So einen wollte ich nicht mehr. Und nun?

Dieser Tag am Meer sollte die Entscheidung bringen. Es war noch nicht zu spät. Noch nicht. Noch konnte ich umdrehen und alles ungeschehen machen. Ich könnte ihm aus dem Wege gehen, woanders hinziehen, ein neues Leben beginnen. Ich könnte wieder einmal alle Brücken hinter mir abbrechen und eine neue Großstadt aussuchen. Ein paar hatte Deutschland ja noch zu bieten.

Oder lieber Italien? Ohne Sprachkenntnisse?

Also wohin? Was tun? Ohne Sigi? Natürlich ohne Sigi!

Dabei hatte alles so gut angefangen. Ich hatte das erste Mal in meinem Leben den Sechser im Lotto gewonnen. Im übertragenen Sinne natürlich.

Guter Mann, ich werde ganz sicher nicht in die Küche gehen!

Es geschah auf einem dba-Flug an einem späten Freitagabend von Stuttgart nach Berlin. Nach mir strömten immer mehr Passagiere in das ausgebuchte Flugzeug. Ich saß auf Platz 15C und hatte mir eine Illustrierte gegriffen, die ich genüsslich durchblätterte. Wo konnte man so ungestört und legitimiert *Bunte* lesen wie im Flugzeug? Außerdem war sie ein aufforderndes Geschenk der Fluggesellschaft, und Geschenke soll man bekanntlich nicht ablehnen. Nur bei meinem Friseur Hans Haarmonie oder beim Zahnarzt finde ich ähnlich günstige Gelegenheiten und die entsprechende Ruhe. Es war ein guter Freitagabend.

Ein Mann stand plötzlich neben meinem Platz in dem Durchgang.

»Entschuldigen Sie, Sie sitzen auf meinem Platz«, sagte er zögernd.

»Ich sitze auf 15C, und das ist mein Platz«, erwiderte ich freundlich.

Ich erhob mich dennoch und suchte den mich legitimierenden Restpapierschnipsel des Flugtickets aus meiner Blazertasche.

»Bitteschön«, ich hielt ihm das grün-weiße Ding unter die Nase.

»Ich auch«, sagte er stumpf und zeigte seinen Ticketrest.

»Tja, was machen wir da?«, murmelte ich.

»Es ist doch der Flug nach Berlin?«, fragte ich dann doch noch einmal nach. Der Mann in der Sitzreihe hinter uns lachte.

»Wieso? Es könnte auch das falsche Flugzeug sein«, flachste ich weiter.

Wir hatten sichtlich Spaß an diesem Missgeschick und wollten uns von solchen kleinen Ungereimtheiten alle nicht den Feierabend und die Vorfreude auf das Wochenende verderben lassen. Eine Stewardess kam zu uns, die den Papierschnipsel des Herrn mit dem meinen verglich. Auch sie konnte nichts anderes feststellen als wir zuvor.

»Da können wir nichts machen, das ist tatsächlich derselbe Platz. Eine Doppelbuchung. Wir warten einfach ab, welcher Platz am Schluss frei bleibt, und da können Sie sich dann hinsetzen«, sagte sie zu dem Typen in der Jeansjacke. Der nickte und verschwand.

So weit, so gut.

Ich saß wieder und blätterte in meiner Zeitschrift.

Da kam ein Jung-Steward zu mir.

»Sie sitzen auf dem Platz 15C, da sitzt schon jemand.«

Oh, ein Cleverle, dachte ich, diese Kategorie kenne ich und sie ist mir besonders lieb.

»Nein«, sagte ich, »hier sitze nur ich.« Was stimmte. Denn hätte dort schon jemand gesessen, dann hätte ich auf seinem Schoß gesessen. Dem war nicht so.

»Das müssen wir prüfen«, sagte der Steward wichtig und streckte sich. Es war wahrscheinlich sein erster Flug als Steward. Er fühlte sich wichtig. Dabei hatte er noch nicht einmal einen richtigen Bart; aus seinem Gesicht sprießten gerade mal ein paar weiche Flaumhärchen. Das war deutlich zu erkennen. Und peinlich.

Dann besser keinen Bart als solch einen Milchbart, dachte ich.

Ich hatte meinen Mantel im Gepäckfach über mir verstaut und den sperrigen Laptop unter dem Sitz. Meine Handtasche hatte ebenfalls einen Platz in Reichweite gefunden. Kurzum: Ich hatte meiner Umwelt deutlich signalisiert, dass ich mich hier für den nun folgenden einstündigen Kurzstreckenflug häuslich eingenistet hatte. Und wer öfter Flugzeuge nutzt, der kann bestätigen, wie viel Aufwand das bedeutet.

Dennoch ließ der Steward nicht locker.

»Warten Sie bitte. Sie müssen den Platz so lange freihalten, bis alle eingestiegen sind. Wir müssen das prüfen.« Das Wort *prüfen* war wohl sein Lieblingswort. Himbeerbonbons prüfen, Tickets prüfen, Milchbart überprüfen. Was er wohl in seinem Leben noch so alles prüfte?

Ich stand ganz langsam auf.

Und dann sagte er zu mir: »Gehen Sie so lange nach dort hinten – zur Bordküche.«

Das war der entscheidende Satz! Das war der Tropfen zu viel im Fass! Das war sein Fehler! Das war das Aus! Sein Aus!

Ich stand lächelnd in schwarzen High Heels und einem etwas zu eng sitzenden, schwarzen Kostüm vor dem Steward, streckte meinen Zeigefinger mit dem rot lackierten langen Fingernagel in die Luft, schwenkte ihn vor seinem Gesicht pendelartig hin und her, tippte ihm damit beinahe, wie beim Necken eines unartigen Kindes, auf die Nasenspitze und erwiderte laut, vernehmlich und betont langsam:

»Guter Mann, ich werde ganz sicher nicht in die Küche gehen!«

Er war sprachlos. Schluckte. Wartete ab. Aber ich blieb stehen, nach vorne gebeugt, eine Hand auf die linke Hüfte gestützt, die andere noch vor seinem Gesicht wedelnd.

»Gut, dann warten Sie eben hier«, stotterte er.

»Genau«, sagte ich und ließ den Finger wieder sinken. Zugegeben, das war ziemlich riskant, mich so zu extrapolieren, würde meine Freundin Moni sagen. Aber es musste mal sein. Einmal im Leben. Laut NEIN sagen.

Ich absolvierte den Flug auf Platz 15C. Mehr noch: Ich hatte mich behauptet, mich durchgesetzt. Höflich, aber bestimmt meine Rechte vertreten. Ich hatte es geschafft! Ich war endlich erwachsen! Ziemlich spät, aber immerhin.

Ich, Sisi Wall, die eigentlich auf Susanne getauft wurde, aber selber den Namen Sisi viel fröhlicher fand, hatte stolze vierunddreißig Jahre gebraucht, um mich endlich gegenüber einem Mann durchzusetzen. Ich war endlich kein langweiliges Trudchen aus der Tanzstunde mehr, das sich alles gefallen ließ. Ich war auch nicht mehr die »Können-Sie-mal-eben-noch-schnell-den-Artikel-Korrektur-lesen-Kollegin«, die sich um halb acht abends überreden ließ und dann noch die letzte S-Bahn verpasste. Ich war endlich selbstständig und mündig geworden. In diesem Augenblick. In diesem Flugzeug. Eben gerade. Ich bin ich. Ich bin Sisi. Punkt.

Und ich beschloss, von jetzt an bis in alle Ewigkeit, mir nie mehr, einfach nie mehr, von einem Mann, Kerl, Schnösel, Fuzzi, Steward, Handwerker, gereiztem Autofahrer oder Blödkollegen etwas sagen zu lassen, das inhaltsleerer und sinnloser war als das Gebrabbel eines einmonatigen Säuglings. Nie mehr! Dafür hatte ich mir in den vergangenen zehn Jahren zu viel Blödsinn und Lügen anhören müssen. Zehn Jahre, das war eine verdammt lange Zeit. Und wer weiß? Vielleicht waren es sogar fünfzehn Jahre? Ich war nie gut in Mathe.

Nachdem ich diesen alles verändernden Entschluss meines Lebens gefasst hatte, dachte ich während des Fluges über meine verflossenen Exfreunde nach. Auf der Suche nach Mr. Right hatte ich leider nur Typen kennen gelernt, die etwas vortäuschten, das sie nicht ansatzweise einlösen konnten. Versuch und Irrtum. Ausnahmslos, oder beinahe ausnahmslos, waren es Lügner, die sich großartiger dargestellt hatten, als sie es waren. In jeder Hinsicht!

Aber vielleicht hatte nur ich solche Nullnummern kennen gelernt? Ich dachte nach. Mag sein. Aber die Ausbeute meiner Freundinnen war über die Jahre betrachtet auch nicht viel besser. War ich Männern gegenüber zu vertrauensselig? Hatte ich an jede neue Bekanntschaft zu viele Vorschuss-Lorbeeren verteilt und wurde dann enttäuscht? Oder lag das Täuschen und Lügen in der Natur des Mannes, vielleicht gar in den männlichen Genen?

Tatsächlich waren meine näheren Bekanntschaften allesamt männlich gewesen und hatten sich je nach Charakter und Alter mal mehr, mal weniger Blödsinn geleistet. Gut, ich verzieh sie mir inzwischen. Erstens war ich kurzsichtig gewesen und zweitens eine naive Träumerin. Aber beides war inzwischen vorbei! Ich hatte mir meine Augen lasern lassen und war nach Berlin gezogen: Ich sah mehr von dieser Stadt, zumal es hier mehr zu sehen gab als in meiner Heimatstadt. Hier brauchte ich auch weniger zu träumen, weil ja alles da war. Dass ich mich trotzdem bei jeder Gelegenheit in Tagträume flüchtete, war eine andere Sache.

Und die Männer? Deutlich kristallisierte sich nach dem dritten Schluck Prosecco auf nüchternen Magen eine regelrechte Hitliste der Pleiten und Pannen heraus.

Nach olympischem Vorbild beschloss ich, nur an die drei besten Lügner entsprechend ihrer schauspielerischen Leistung Hit-Plätze zu vergeben. In aufsteigender Reihenfolge: Bronze, Silber, Gold. Wobei sich erstaunlicherweise die Medaillen in ihrer Wertigkeit an meinem Alter orientierten. Tatsächlich war die Geschichte mit dem größten Lügner nur wenige Jahre her. Er bekam Gold, weil die Originalität und Dreistigkeit seiner Lügen es verdienten. Bronze blieb dem Einfaltspinsel, der durch das Verheimlichen der Wahrheit zum Lügner wurde. Auch Nichtsagen macht schuldig.

Aber was war mit den Medaillenlosen, die nur in einzelnen Lebensepisoden, in kurzen Intermezzi, als Lügner brillierten? Und ansonsten im Nirwana der Bedeutungslosigkeit dahindümpelten?

Ich zog die Augenbrauen hoch, was mir beim Überlegen half. Meine Ich-denke-mal-eben-scharf-nach-Miene. Eigentlich müssten Frauen vor solchen Typen gewarnt werden! Hätte ich eine Tochter, dann würde ich sie im entscheidenden Alter (so rund um die Pubertät) zur Seite nehmen, einen Kaffee oder Tee kochen, einen Saft servieren, die Keksdose bereitstellen oder was auch immer. Ich würde mir Zeit nehmen und ihr in Ruhe nach und nach Mamas erlebte Männergeschichten wie Loriots Anekdoten mit einem Lächeln erzählen und mit Konfekt versüßen. Nicht die Illusionen über die Liebe und die Männer würde ich ihr rauben. Vielmehr würde ich sie vor den männlichen Lügengeschichten warnen, damit sie erkennt, wie naiv Frauen manchmal auf die Männer reinfallen, wenn sie sich in sie verliebt haben und die objektive Wahrnehmung durch Amors Zutun (übrigens auch ein Mann) erheblich getrübt ist.

Und was war mit den Frauen, die ich nicht vorwarnen konnte, weil ich sie nicht kannte? Weil ich mit ihnen nicht ins Kino ging und danach noch ein tellergroßes Schnitzel im Bistro um die Ecke aß und über das Leben und die Männer philosophierte?

Nachdem ich meinen Piccolo im Flugzeug ausgetrunken hatte, beschloss ich, das Dusselige-Kuh-Syndrom, das Frauen regelmäßig in der Kennenlern- oder Verliebtheitsphase befällt, zu enttarnen und auszuschalten. Und dies ging am besten mit Analysen und mit Worten. Geschriebene Worte sind beständig. Sie sind so mächtig wie Luthers Thesenpapier. Ich wollte einen Frauenratgeber schreiben. Und den Titel wusste ich auch schon:

Uschi, worin besteht der Verlust?
Lieber keinen Mann als einen Lügner!

Das klang doch gut! Und das wäre endlich mal ein Thema, zu dem ich wirklich aus tiefstem Inneren etwas beitragen und schreiben könnte. Nichts über architektonische Verirrungen, Glasdächer und die Statik und Dynamik von Klappbrücken. Das wäre etwas, das mich richtig interessieren würde. Etwas mit Herzblut sozusagen. Ich knabberte an meiner Unterlippe. Und meine Freundin Moni, die Hobbypsychologin und Profiesoterikerin, könnte auch noch ihren Senf dazugeben.

Ich konnte zu dem Zeitpunkt wirklich nicht ahnen, dass ausgerechnet ein Doktor der Psychologie meine Analysen auf den Prüfstand stellen würde. Und zwar komplett.

Im Grunde genommen ist die Liebe schon wunderbar, seufzte ich. Und genauer betrachtet, wäre es wirklich bald wieder an der Zeit, sich über beide Ohren zu verlieben. Wo ich doch nahezu mein halbes Leben lang im Zustand der Verliebtheit zugebracht hatte. Auch wenn meine Zuneigung oft wie ein reifer Sonnenblumensamen auf einem schnöden Granitfelsen vertrocknete, weil es eben doch der Falsche war oder sich der vermeintliche Märchenprinz nach kurzer Zeit als Hochstapler oder Langweiler herausstellte. Immerhin war es die Kraft der Liebe, die mich zu den verrücktesten Taten meines Lebens motiviert hatte. Umzüge im Kleintransporter, Fallschirmtandemsprünge, exotische Kamelmilchspeisen – immer war die Liebe der Antrieb für das Unmögliche. Ohne die Liebe wäre es langweilig gewesen in meinem Leben. Das musste ich zugeben.

Das Dusselige-Kuh-Syndrom

In Berlin begrüßte mich ein böiger warmer Frühlingswind, versetzt mit unerwarteten Graupelschauern. Sattes Kontinentalklima. Jeder Wetterfrosch wäre begeistert gewesen. Doch der Taxifahrer versprühte alles andere als Freude über die Wetterkapriolen und mich.

»Was, schon wieder ein Fahrgast mit einem 50-Euro-Schein? Da sagen die Leute, sie hätten kein Geld – und dann das.« Ihm fehlte offenbar das Wechselgeld. Doch was konnte ich dafür?

»Ja«, erwiderte ich beschwipst. »Weil die Leute kein Geld haben, halten sie es so lange zusammen, wie es eben geht. Bis sie wieder schweren Herzens einen Fuffi anbrechen müssen so wie ich.« Er sagte nichts zu meiner Theorie, stellte mir mein Gepäck entnervt neben das Taxi und ließ mich in einer Abgaswolke stehen. Ich trug meine Koffer und den Laptop nacheinander die Treppen zur Haustür rauf. Was soll's? Bloß nicht ärgern. Ich habe sie ja auch alleine hinuntergetragen, brummte ich vor mich hin.

In meiner Wohnung war es friedlich und still. Das genaue Gegenteil vom Getöse am Flughafen. Ich suchte mir eine CD mit leichter Jazzmusik aus dem Stapel vor dem Bücherregal und wollte an einem einleitenden Absatz für den vor einer Stunde im Flugzeug geplanten kleinen Beziehungsratgeber schnitzen. Doch Verzögerungsstrategien aller Art machten sich breit. Ob was Wichtiges in dem Poststapel lag, den ich beim Öffnen der Wohnungstür einfach achtlos zur Seite geschoben hatte? Was war mit dem Hund? Ach herrje, ich könnte mal wieder Mama anrufen. Die Angst vor den ersten Zeilen, das kennen die berühmtesten Schriftsteller. Kafka, Strauß und so. Ich konnte mich als Schreiberling damit nicht im Mindesten vergleichen, und trotzdem erging es mir so vor jedem noch so kurzen Artikel. Und heute Abend, wo Größeres geplant war, erst recht.

»Sitzen bleiben und nachdenken«, befahl eine dünne Stimme in mir. »Es ist 22.06 Uhr, Mama und Hund schlafen, bleib also sitzen und fang endlich an.« Was man in den ersten 72 Stunden nach dem Fassen eines Entschlusses nicht beginnt, das beginnt man nie mehr – das hatte ich mal in einem Buch über Selbstmanagement gelesen. Also wenigstens ein Absatz müsste das jetzt werden. Ein winziger Entwurf würde mir ausreichen.

Das Dusselige-Kuh-Syndrom:

Selbst kluge, clevere und selbstständige Frauen neigen nach dem ersten Kennenlernen eines Mannes viel zu schnell zu romantischen Beschönigungen. Das zeigt sich in erheblichen Aussetzern in ihrer Wahrnehmung: Nicht nur kommt ihnen der neue Galan in den ersten Wochen der Bekanntschaft wesentlich attraktiver, intelligenter und klüger vor, als er tatsächlich ist. Nein, er wird auch in seinem Verhalten überhöht und stilisiert zum neuen Supermann, Übervater oder optimalen Heiratskandidaten. Was immer er sagt oder nicht sagt, tut oder nicht tut, ist oder nicht ist, wird überbewertet. Frauen sind in den ersten Wochen einer Bekanntschaft regelrecht »benebelt« und latent gefährdet, auf die Lügen der Männer hereinzufallen.

Das war nicht gerade eine Einleitung mit Aussicht auf den Pulitzer-Preis, aber es war immerhin ein Anfang.

Das Telefon klingelte.

»Hallo, Frau Wall, sind Sie wieder zurück?«, lispelte es aus dem Hörer.

Es war mein Hausnachbar, der unter meiner Wohnung wohnte.

»Möchten Sie Mopsi jetzt wiederhaben oder erst morgen früh?«

»Ich kann ihn gleich holen, wenn Sie mögen.«

Mopsi war immer bei meinem Nachbarn, wenn ich verreiste. Er war ein strammer, netter, gutmütiger Hund von guten zwölf Kilo Gewicht. Ein Prachtexemplar. Und ein Erbstück von Opa. Niemand wollte ihn haben, als er unter dem Tisch beim Beerdigungskaffee hin und her lief und leise vor sich hinwinselte.

»Was wird aus Mopsi?«, fragten alle ratlos. »Einschläfern lassen?«

Er kam zu mir und schmiegte sich unter dem Tisch an meine Beine. Als ich dies zuließ, obwohl ich hinterher mindestens einhundert beige-schwarze Hundehaare am Rock haben würde, sprang er plötzlich auf meinen Schoß und stieß meine Kaffeetasse um. Die braune Lache saugte sich tief in die gute bestickte Spitzentischdecke. Das brachte Leben in die Beerdigungsgesellschaft. Und wie! Plötzlich sprangen alle auf und reichten Servietten herum.

Von da an blieb Mopsi bei mir. Er hatte selbst aus einem depressiv-langweiligen Beerdigungskaffee noch Spaß geholt.

Mein Nachbar, Herr Kaloke, stand in karierten Filzpantoffeln und seinem blaugrauen Samt-Hausmantel mit dem gestickten Wappen auf der rechten Brusttasche vor mir. Sein weniges Haar war zerzaust. Ein Jurist im Vorruhestand mit einem Magenleiden, aber einem großen Herzen. Mopsi drängelte sich durch die Tür an ihm vorbei, sprang voller Freude an mir hoch, und ich nahm ihn auf den Arm.

»Ich dachte, Sie schlafen schon.«

»Nein, nein«, sagte Herr Kaloke. »Ich hab noch den Fernseher angehabt. Und mir war so, als ob ich Ihre Schritte hörte.« Er war ein wenig verlegen, weil er das zu offensichtlich geäußert hatte.

»Ich wollte Sie nicht stören, sonst hätte ich ihn gleich abgeholt.«

Herr Kaloke tätschelte Mopsi noch einmal am Kopf.

»Wann bringen Sie ihn mir denn wieder?«, fragte er.

»War er nicht lieb?«

»Doch, er war ganz lieb. Er macht mir viel Freude.«

»Vielleicht möchten Sie ihn am Wochenende mit zum See rausnehmen auf einen Spaziergang?«

Herr Kaloke lächelte. Und Mopsi schien die Idee auch zu gefallen. Aber jetzt war er erst mal wieder bei mir. Ich kochte mir in meiner Küche einen Tee, Yogi-Gesundheitstee. Den hatte mir meine Freundin Moni aufgeschwatzt. Mopsi suchte auf seinem Tellerchen die letzten Milchdrops zusammen, die ich ihm als Belohnung für sein langes Ausharren beim Nachbarn hingelegt hatte. Obgleich ich vermutete, dass der Nachbar ihm zum Abschied auch einige Drops gegeben hatte. Aber kleinlich waren wir noch nie.

Ich saß wieder an dem schwarzen, zerkratzten Lackschreibtisch und kaute auf dem Bleistift herum, den ich im Hotel in München gemopst hatte. Mein alter Professor hatte immer gesagt, man müsse mit dem Bleistift schreiben. Dadurch würde man gezwungen, seine Gedanken vorher zu ordnen und festzulegen, was man schreiben will. Man durfte dann maximal ein Wort wegradieren, aber niemals einen ganzen Absatz. Seine Maximen machten mir mein Vorhaben auch nicht leichter. Alle Anekdoten und Ideen stürmten gleichzeitig auf mich ein. Wie sollte ich sie ordnen? Im Flugzeug schien alles so einfach, aber nun?

Monis Tee duftete nach Ingwer und bildete kleine Dunstkräusel unter der Schreibtischlampe. Neben mir lag der ausgedruckte Artikel für die VDI-Nachrichten über die neue Designsprache für den Entwurf von Industrieprodukten. Solche Themen, da nicht herzrelevant, konnte ich bearbeiten. Das ging wie nix. Aber bei meinem Frauenratgeber war ich bis jetzt über eine kurze Einleitung noch nicht hinausgekommen.

Ich schaute auf die wenigen Passanten auf dem Bürgersteig, die sich die Mantelkragen hochgestellt hatten und im gelben Licht der alten Straßenlaternen wie in einem historischen Film der Schwarzen Reihe wirkten. Das Leben ist seltsam. Immer nur dann finden wir es interessant, wenn es auch ein Film sein könnte.

Am nächsten Morgen um kurz nach acht klingelte der Wecker. So einer mit zwei Klingelohren aus emailliertem Metall, die ganz furchtbar dröhnten. Und der, wenn ich ihn nicht abstellte, eine Eigendynamik entwickelte, bis zum Rand des Glastischs wackelte und dann in selbstmörderischer Absicht in die Tiefe stürzte und mit einem Riesengeschepper auf dem Parkett landete.

Das volle Programm erlebten wir nur, wenn wir zu lange schliefen und zu langsam reagierten. Und an jenem Tag hatten wir gründlich verschlafen. Ab unter die Dusche in Windeseile, während die dick aufgetragene Tagescreme im Gesicht einzog. Das waren Momente, da durfte einen keiner sehen. Ulrikes Albtraumversion war eine Gurken-Quark-Maske im Gesicht, ein hellblaues Handtuch um die Haare, ein Frotteebademantel mit Bunny-Aufdruck in Rosé und ausgetretene Birkenstocksandalen. In diesem Aufzug mal eben schnell den Müllsack zur Tonne bringen, und genau dann würde garantiert ihr neuer Favorit mit dem Auto an dem kleinen Vorgarten vorbeifahren und sich nach ihr umdrehen. Das einzige Tröstliche an dieser Horrorvorstellung war, dass er sie vermutlich in dieser Maskerade gar nicht erkennen würde.

Mit Mopsi an der Leine lief ich schnell eine Gassi-Runde durch den Park. Der Regenmantel mit Leoprint gegen die Frühjahrs-Tristesse bauschte sich wie ein Segel hinter mir auf, so eilig hatten wir es. Dabei würde morgens um 10.00 Uhr sowieso keiner auf die Idee kommen, bei uns in den Laden hereinzuschneien. Ich hatte vor zwei Jahren ein kleines Geschäft aufgemacht. Beinahe winzig, aber in einer guten Lage. Direkt am Kurfürstendamm neben dem französischen Kulturzentrum.

»Art déco Silber« stand in feinen schwarzen Buchstaben auf der Milchglasscheibe. Wie bei Mopsi hatte auch hier mein Opa die Hände im Spiel. »Alles von Opa« lautete demnach auch die Unterzeile auf dem Schaufenster. Als er verstarb, blieb uns ein Lager mit Requisiten aus alten Filmen, Devotionalien aus den beiden Weltkriegen, wackelige Nussbaum-Möbel und eine großartige Sammlung von Artdéco-Vasen, Deckeldosen und kleinen Schmuckstücken. Das liebte er. Meine beiden Schwestern hatten an all dem kein Interesse. Ich übernahm alles. Das war meine Chance! Ich schmiss meinen Job im Verlag hin und gründete eine Ich-AG. Mit einem kompletten Lager, Startkapital für das erste Jahr und hochfliegenden Träumen. Ich hatte einen neuen Anfang gewagt. Und den würde ich mir auch nicht durch einen lügenden Mann madig machen lassen.

Ein Auto weniger und ein Problem mehr

Mein Auto war weg. Spurlos verschwunden. Gut, wir hatten ihn zwei Tage nicht weiter vermisst. Einfach unter der Laterne abgestellt und weggegangen. Aber jetzt war er weg, und das traf uns doch. Wir waren sowieso spät dran. Mopsi sah mich ratlos an. Ich rannte die Straße rauf und runter. Vielleicht hatte ich ihn woanders abgestellt und einfach nur die Stelle vergessen? Doch er blieb verschollen. Ich wusste mir nur einen Rat: Die Polizei musste ran, und ich tippte die 110 in mein Telefon. Das folgende Gespräch allerdings war nicht zur Mehrung meines Ruhmes bestimmt.

»Hallo, mein Name ist Sisi Wall. Mein Auto ist weg.« Durchaus eine erschöpfende Feststellung.

»Wo haben Sie es denn abgestellt?«

»Auf der Straße.« Auch dies folgte meiner inneren Logik, im Wohnzimmer hatte ich schließlich keinen Platz.

»Mhhh, so, so. Vielleicht wurde er umgesetzt?«

»Umgesetzt? Was ist das?«

»Einen Moment, ich verbinde mal«, sagte der freundliche Herr. Er behielt die Ruhe. Schließlich meldete ich nicht den Fund einer Leiche oder einen umgekippten Gefahrguttransporter.

»Ja, guten Tag«, sagte ich wieder. »Mein Auto ist weg.«

»Stand es im Halteverbot?«

»Nein«, sagte ich. »Da, wo es immer steht.« Es verstand sich von selbst, dass ein mir wildfremder Ordnungshüter wusste, wo mein Auto gewöhnlich stand. Aber die Situation überforderte mich etwas und mein Gehirn konnte nur rudimentäre Gedankenstrukturen hervorbringen. Immerhin versagte es nicht ganz.

»Vielleicht ist er bei uns. Geben Sie mir doch bitte mal das Kennzeichen durch.«

»B – ND 007.« Dass ich das wusste, war nur meinem eiligst hervorgekramten Fahrzeugschein zu verdanken.

Ein Rascheln in der Leitung, dann: »Ja, der ist bei uns. Den können Sie abholen.«

»Wieso?«

»Der stand im Halteverbot.«

»Der steht immer da.«

»Jetzt war da aber Halteverbot. Sondergenehmigung für einen Umzug.«

»Aber das habe ich gar nicht gesehen. Da war vorgestern kein Schild.« Ich hatte also doch noch so etwas wie eine Erinnerung.

»Bis zu vierundzwanzig Stunden vorher dürfen wir ein Schild aufstellen. Sie müssen sich schon um Ihren Wagen kümmern.«

Na toll, das sagte der mir. Wo ich für meinen kleinen Wagen mehr Herz entwickelt hatte als für meine Teddybären. Durch dick und dünn war der schon mit mir gefahren. 100.000 km und vier verschiedene Städte, in die ich nacheinander umgezogen war. Viermal ummelden, viermal Stammparkplätze und neue Vertragswerkstätten suchen. Das schweißt zusammen. Und jetzt sagte der mir, ich sollte mich um mein Auto kümmern. Klasse.

»Ich hole ihn ab«, sagte ich ruhig. So, als ob ich einen Freund aus der Ausnüchterungszelle abholen würde: gespannt ratlos, dem Schicksal ergeben.

»Das Umsetzen kostet 250 Euro«, sagte der Herr noch routiniert. »Dann können Sie ihn gleich mitnehmen.«

So viel Geld für nichts. Für einmal das Schild nicht gesehen. Ich verabschiedete mich trotzdem artig, es hätte ja auch schlimmer kommen können.

Ich ging mit Mopsi vor die Haustür und wartete auf das bestellte Taxi, aber es kam nicht. Ich summte ein Lied, um meine Stimmung aufzuheitern. Ich hatte nämlich im Laufe der Jahre herausgefunden, dass sich meine Stimmung tatsächlich besserte, wenn ich so tat, als ob ich gute Laune hätte, und ein Lied summte. Wenngleich mir wirklich kein bisschen danach war. Inzwischen war ich nämlich richtig sauer über dieses Missgeschick.

Ein Mann, in der zweiten Hälfte der Dreißiger, in einer blauen, gewachsten Skipperjacke, kam aus unserem Haus. Den kannten wir nicht. Er stellte sich neben uns und schien auf irgendetwas zu warten. Er sagte nichts. Ich auch nicht. Er sah ja ganz nett aus. Doch ich war verstimmt wegen der 250 Euro und war definitiv nicht in Gesprächslaune. Mopsi sah an mir hoch und jaulte. Er kratzte mich mit seiner rechten Vorderpfote. Dann sprang er aus heiterem Himmel den Mann an und biss ihm von schauerlichem Knurren begleitet in die Jeanshosen.

»Mopsi, was machst du denn? Lass das, o nein …«

Ich zog ihn an der Leine zurück, er ließ es sich sofort gefallen.

»Es tut mir Leid, ist Ihnen etwas passiert?«, fragte ich den Typ.

Der sah an seinem Hosenbein herunter, dann schüttelte er den Kopf.

»Nein, alles in Ordnung. Eine Jeans hält das aus«, sagte er.

»Ich weiß nicht, was mit ihm los ist. Das macht er sonst nie.«

»Das sagen alle Hundebesitzer.«

»Er macht so was sonst wirklich nie«, wiederholte ich. »Er ist ein bisschen durcheinander. Unser Auto war heute Morgen weg. Das ist mir noch nie passiert. Ein Hund merkt, wenn sein Besitzer verstimmt ist.«

»Ihr Auto wurde gestohlen?«, fragte der Mann besorgt. »Ich dachte, dieser Stadtteil sei recht sicher?«

»Ist er auch. Nein, nicht gestohlen. Er wurde umgesetzt, weil hier so ein blöder Umzug stattfindet. Irgend so ein Heini hat hier über Nacht ein Halteverbotsschild aufstellen lassen. Wusste wohl vorher nicht, dass er am 3. März umziehen würde. Trottel. Und nun können wir das Auto bei der Polizei abholen. Toller Morgen!«

Der Mann schwieg betreten und sah auf meinen alten Hund, der lammfromm von mir zu ihm guckte und wieder zurück. Das Taxi kam.

»Schönen Tag noch«, sagte ich und stieg ein, und Mopsi sprang auf meinen Schoß.

Mein Auto stand auf einem zugigen, unbewachten Parkplatz unter einer Eisenbahnbrücke. Einige Autos standen dort wohl schon sehr viel länger. Sie waren eingestaubt wie nach einer Wüstentour Paris–Dakar. Andere ruhten auf roten Ziegelsteinen, offensichtlich hatte sich jemand für die Räder interessiert. Bei uns waren noch alle Räder dran. Ich dankte der Berliner Polizei für die Fürsorge! Ich schloss ihn auf und wir verließen den trostlosen, kalten Ort. Ich schwor mir, ab sofort einen Tiefgaragenplatz anzumieten.

Ich saß in meinem Laden vor einem heißen, duftenden Espresso und erholte mich von dem unruhigen Morgen. Mopsi lag im Schaufenster auf seinem Blueberry-Kissen und zählte Passanten. Eine rostige blaue Ente mit schmuddeligen Scheiben fuhr am Geschäft vorbei und kam im Halteverbot zum Stehen. Noch ein Verkehrssünder. Moni war gekommen. Ihre bunten Seidentücher und ihr strahlendes Gesicht waren immer eine optische Wohltat.

»Was für ein Wetter, die Ente wollte doch glatt wieder nicht anspringen«, rief sie mir schon von weitem entgegen. Allerdings tat sich die Ente bei allen Wetterlagen von Dauerfrost bis Nieselregen, von Nebel bis Sonnenschein schwer mit der Zündung. Das war ihre Eigenart.

Ich nahm Moni in die Arme und versank fast in ihren Kleiderschichten aus Wollpullover, Strickschal, Cape und Pluderhose.

»Ist kalt«, sagte sie, »ganz entsetzlich kalt in diesem Auto. Funktioniert mal wieder die Heizung nicht. Jedes Jahr sage ich dem alten Hans, dieses Jahr ist unser letztes gemeinsames Jahr. Aber dann im Sommer, wenn ich das Verdeck zurückklappen kann, dann ...«

»Bleibt ihr doch wieder zusammen, ich weiß«, ergänzte ich und schob sie in den warmen Laden.

In der Wärme entfaltete sich der angenehme Duft von Moni. Sie roch seit Jahren nach Patschuli und trug Mondsteinanhänger. Wir ergänzten uns prächtig. Moni war sehr kreativ und hatte mit wenigen Skizzen einen Entwurf für die Einladung zum Jubiläumsfest fertig. Da war der für sie gedachte Espresso noch gar nicht durch die Maschine gelaufen.

Ich erzählte Moni erst einmal die Geschichte von meinem beinahe gestohlenen Auto. Sie hörte schweigend zu.

»Und Mopsi hat ihn angesprungen?«, fragte sie. Seltsam, an der ganzen Geschichte interessierte sie nur, dass Mopsi einen fremden Mann angesprungen hatte.

»Ja, warum?«

»Ist doch für ihn ganz ungewöhnlich. Normalerweise ist er doch mehr ... lethargisch, würde ich sagen«, und sie zeigte auf ihn, der in aller Seelenruhe mitten im Schaufenster eingeschlafen war. Im kleinen Fenster links neben der Tür. Mopsi, der sich nur bewegte, wenn es notwendig war. Also nie.

»Wie sah der Mann denn aus?«

»Wer?«

»Der Typ, den Mopsi angesprungen hat.«

»Ein bisschen unscheinbar vielleicht. So Ende Dreißig. Verlegen bis überrascht. Hat sich bei mir erkundigt, ob dieser Stadtteil sicher sei. Wer weiß, was der schon so alles von Berlin gehört hat!«

Moni blieb still. Jede Äußerung konnte bei ihr eine tiefere Bedeutung bekommen. Da hörte sie gleich die Stimme des Schicksals sprechen. Ich führte das auf ihre Esobücher zurück. Die las sie, damit sie den Kunden später erzählen konnte, was drin stand. Das traf sich gut mit ihrer eigenen Neigung, alles zu interpretieren.

»Was hältst du von Limone als Grundfarbe? Das ist offensiv fröhlich und kommunikativ, versteckt erotisch. Passt zum Sommer«, sagte sie plötzlich und wechselte das Thema.

»Das Fest ist am 1. August. Also warum nicht? Denkst du an stilisierte Blumen?«

»Eher weniger. Wie wäre es mit dem Foto von einer deiner Deckeldosen? Und statt des dicken Knaufs der Dose lasse ich da eine Blüte herauswachsen. Die male ich so ...«, sie skizzierte zwei, drei Blüten auf ihrem Block.

»So, siehste?«

Ich nickte. »Wie eine Lilie.«

»Nicht so sinnschwer. Eher etwas Einfacheres. Vielleicht eine Tulpe oder ... jedenfalls nichts Hängendes.«

Das war angewandte Psychologie. Moni spielte mit den Farben und Symbolen. Auch in ihrer Kleidung. Heute trug sie weite Hosen, einen Turban aus dem Anschein nach tibetanischer Hochlandwolle und ein überdimensioniertes Hemd unter dem Pulli, der bis über den Po reichte. Alles in zarten Regenbogenfarben aufeinander abgestimmt. Edel-Ethno. Ich hingegen hatte heute wieder mal freundliches Schwarz ausgewählt. Von Kopf bis Fuß für alle Kleidungsstücke. Nur meine Lippen und die Nägel waren knallrot angepinselt. Red Hot von Estée Lauder und sonst nix. Vielleicht würde man als Außenstehender wirklich nicht unbedingt vermuten, dass wir beide Freundinnen waren.

Als ich am nächsten Tag nach Hause kam, entdeckte ich ein leuchtend gelbes Post-it an meiner braunen Wohnungstür. »Mopsi ist noch bei mir. Habe einen Wein kalt gestellt. Kaloke.«

Ich wollte gerade meine Wohnungstür aufschließen, da öffnete sich nebenan die Tür, und zwei Männer in Latzhosen trugen gefaltete, leere Pappkartons davon.

»Machen wir Montag«, hörte ich einen sagen.

Eine Stimme von drinnen rief: »Aber was soll ich ohne Herd machen?«

»Für heute reicht es«, sagte der andere, und sie betätigten ungerührt den Aufzugknopf, stiegen ein und fuhren ab nach unten.

Ein leises Murmeln war von nebenan zu hören, dann stand der junge Mann vor mir, den ich am Tag zuvor auf dem Bürgersteig getroffen hatte. Als mein Auto verschwunden war.

»Hallo«, sagte ich.

Das Licht im Flur ging aus. Ich tastete nach dem Lichtschalter. Er auch und unsere Hände berührten sich kurz auf dem Lichtschalter. Ich zog meine Hand erschreckt zurück. Er auch. Ich fasste wieder hin, um das Licht anzumachen, und wieder berührten wir uns versehentlich. Wie im Kindergarten, dachte ich.

»Schalten Sie ein«, sagte ich genervt.

Mir ging im wahrsten Sinne des Wortes ein Licht auf. Vor mir stand tatsächlich der neu eingezogene Trottel, dem ich mein abgeschlepptes Auto zu verdanken hatte. Na toll. Der 250-Euro-habe-ich-in-den-Wind-geschrieben-Typ. Und der war äußerst verlegen.

»Dann sind wir wohl jetzt Nachbarn«, kommentierte ich möglichst ungezwungen.

Er nickte. »Ich bin Sigi Wagner«, sagte er. »Und die wollten mir doch glatt nicht mehr den Herd anschließen.«

Potzblitz, dachte ich. Was für eine wichtige Mitteilung. Aber im Nachhinein betrachtet, der coolste Anmachspruch, den ich je gehört hatte.

»Es gibt einen guten Pizzadienst«, sagte ich. »›Call a Calzone‹ am Kurfürstendamm. So hält man es auch einen Tag ohne Herd aus.«

»Haben Sie die Telefonnummer?«, fragte er. »Ich habe noch kein Telefonbuch. Und kein Telefon«, fügte er leiser hinzu.

Ich nickte, schloss die Wohnungstür auf und suchte in der Schublade im Küchentresen nach der Speisekarte von »Call a Calzone«. Wenn ich genau nachdachte, dann hatte ich heute noch nichts Richtiges gegessen. Und Herr Kaloke vielleicht auch nicht. Aber der Typ von nebenan war an meiner Automisere schuld. Also sollte er gefälligst alleine essen. Gerade wollte ich mich unbarmherzig wie die Sonne zu ihm umdrehen und ihm die Pizzakarte in die Hand drücken, da stand plötzlich Mopsi hinter mir. Er war zur offenen Wohnungstür hereingeflitzt.

»Wo kommst du denn her?«, fragte ich ihn. Er sprang an mir hoch, und ich nahm ihn auf den Arm. Herr Kaloke stand in der Tür.

»Er hat Sie wohl gehört, da hat er die ganze Zeit an der Tür gekratzt. Ich weiß nicht, das macht er sonst nie.«

Mein neuer Nachbar guckte mich verdutzt an. Dann sagte er zu Herrn Kaloke: »Hunde merken die Stimmung ihres Besitzers, vermutlich hat er auch Hunger.« Woher wusste der, dass ich Hunger hatte? Lag es an meinem knurrenden Magen, der die letzten Frühstückskrümel verärgert mit Luft aufmischte?

»Das hat er«, bestätigte Herr Kaloke, »Mopsi hat die Pralinenschachtel vom Tisch gezogen, ziemlich viele Pralinen gegessen und das Papier in der ganzen Wohnung ...«

Mopsi sah mich schuldbewusst an. Seine Barthaare waren tatsächlich voller Schokolade. »Was höre ich denn da? Macht das ein wohlerzogener Mops?«

Mir blieb also nichts anderes übrig, als den Schaden wieder gutzumachen.

»Haben Sie schon zu Abend gegessen?«, fragte ich Herrn Kaloke. Der verneinte. »Dann essen wir alle zusammen Pizza und Salat. Wäre das was?«

»Ich werde den kalt gestellten Wein holen«, sagte Herr Kaloke sofort, drehte sich abrupt um und ging schnell die Treppen hinunter in seine Wohnung. Für eine Abwechslung in seinem Leben war er sofort zu begeistern. Mein neuer Nachbar hingegen guckte verstört. »Ich muss heute Abend noch einige Kisten auspacken, sonst krieg ich die Vorlesung für Montagfrüh nicht fertig.«

Ach herrje, dachte ich. Ein Supergenauer. Es war doch erst Samstagabend.

»Ich habe auch noch zu tun«, und wies mit der Hand auf den Poststapel, der auf dem Kühlschrank lag. Meine Posteingangsablage. Der Postausgang wiederum befand sich im Keramikübertopf mit dem Engelrelief neben der Tür. Also durchaus sinnig konzipiert.

»Die Post von einer Woche nebst Buchhaltung wartet noch auf mich, und Herr Kaloke ist auch keine Nachteule. Es wird also nicht spät werden«, sagte ich.

Er nickte. Dann lehnte er die Tür bis auf einen Spalt an, so dass Herr Kaloke mit seinem gekühlten Weißwein wieder reinkommen konnte, und stand verloren mitten auf dem Flur mit der Pizzakarte in der Hand.

»Ich denke, wir essen im großen Zimmer, nicht in der Küche.« Kurzerhand reichte ich ihm Teller und Besteck. Ich musste ja noch beim Pizzadienst anrufen. Es wurde ein sehr lustiger und kurzweiliger Abend mit den drei Herren. Zwei am Tisch und Mopsi unterm Tisch.

Am folgenden Montag erzählte ich Moni von meinem ungeplanten Männerabend. Sie kam in die Galerie, um weiter über die Einladungskarten zu philosophieren. Ich machte uns zwei doppelte Espressi und suchte die guten Cantuccini aus der ziselierten silbernen Keksdose heraus. Die mit den Mandeln. Die schmeckten köstlich, wenn man sie langsam in einen zuckersüßen Espresso tauchte und das derart eingeweichte Stück abbiss. Mopsi hatte von Moni einen neuen selbst gehäkelten Ball bekommen und war beschäftigt.

»Sag mal, wann machst du die bloß alle?« Ich zeigte auf den bunten Häkelball aus Wollresten.

»Jeder Tatort im TV wird ein neuer Ball«, sagte sie lachend. »Sonst rege ich mich dabei zu sehr auf.«

Mopsi Conrad hatte seine Bälle also mindestens einem Mord zu verdanken.

»Was macht er denn, der neue Nachbar?«, fragte sie direkt zum Thema und reichte mir den Keksteller.

»Dozent an der Freien Universität.«

»Welcher Fachbereich?«

»Psychologie.«

»Oho, das klingt interessant. Für wie lange?«

»Weiß ich nicht.«

»Wohnt er alleine?«

»Ich weiß es nicht. Habe keinen anderen gesehen.«

»Ist er schwul?«

»Weiß ich nicht.«

»Wie lange blieb er?«

»Bis die Pizza aufgegessen war. Dann sind beide gegangen.« Ich wollte Moni nicht erzählen, dass sich beide gegenseitig belauerten und darauf warteten, dass der jeweils andere zuerst ging. Dann hätten wir uns noch ein wenig über den, der zuerst gegangen war, unterhalten können. Klatsch und Tratsch austauschen. Das klappte aber nicht. Sie komplimentierten sich gegenseitig hinaus. Besser beide nicht da als einer alleine da. So jedenfalls kam mir das vor. Mopsi nahm das Gerangel der Männer gelassen. Erstens war er immer da, und zweitens hatte er noch Bauchschmerzen von Kalokes Pralinen und lag im Hundekorb, ohne einen Mucks von sich zu geben.

»Gefällt er dir?«

»Weiß ich auch nicht.« Entnervt biss ich jetzt in einen Cantuccino, denn schon nach weniger als fünf Minuten Gespräch musste ich zugeben, dass ich nichts wirklich wusste.

»Du weißt überhaupt nichts«, fasste sie zusammen. »Frag doch mal nach! Hör doch mal in dich hinein. Was sagt dir denn dein Gefühl?«

Sie hatte ja Recht, ich hatte nicht viel in Erfahrung gebracht. Aber ich wollte auch nicht. Was ging mich der Nachbar und sein Leben an? Was sollten derartige Gefühlsduseleien?

»Je mehr ich mich auf einen Menschen einlasse, desto mehr kann ich enttäuscht werden. Darauf habe ich derzeit keine Lust«, sagte ich mit Nachdruck.

»Fehlt dir nix?«

»Was?«

»Na, Sex oder so. Der körperliche Austausch von Yin und Yang, sozusagen.«

»Alles schön und gut, aber Sex wird heutzutage völlig, total und gänzlich überbewertet!«, wetterte ich. Ein bisschen zu laut gewettert vielleicht. »Appeal ist das eine, Sex das andere. Guck dir doch die Werbung an. Alles nur Appetizer, sonst nichts. Hast du das nicht auch schon mal erlebt? Du bestellst dir ein scharfes Curry-Huhn im indischen Restaurant und es wird dir eine schlaffe Flugente serviert?«

»Schon oft«, lachte Moni. »Meistens lahme Flugenten, manche sogar altersschwach. Putzigerweise sehen die auf den ersten Blick immer ganz nett aus. Dann aber entpuppen sie sich als bärige Bequemos. In jeder Hinsicht.«

»Genau, in den seltensten Fällen hält er, was er verspricht, und ist tatsächlich erquickend, scharf und prickelnd, genau wie das Curry-Huhn.«

»Gut, aber so langsam Ausschau halten kannst du ja schon einmal – wo du uns doch jetzt hier in Berlin erhalten bleibst.« Sie grinste.

Ein Lügner-Entlarv-Test und viele Fragen

In der Mittagszeit rechnete ich nie mit Kunden, also klappte ich am nächsten Tag in Erwartung einer kreativen Eingebung meinen Laptop auf. In meinem Beziehungsratgeber wollte ich nach der Einleitung erst einmal einen kurzweiligen Psychotest voranstellen. Keinen wirklich ernst gemeinten. Er sollte aufheitern und die Sinne für das Thema schärfen. Also schrieb ich im Geschäft und zwei Abende zu Hause still vor mich hin, dachte nach und las Psychobücher, während die Leute vor dem Schaufenster auf meinen träumenden Mops zeigten. Tatsächlich kam etwas bei der Textschnitzerei heraus:

Nehmen Sie bitte einen gespitzten Bleistift zur Hand oder gerne auch einen abgerundeten weichen, falls Sie die Antworten später wegradieren und den Test Ihrer Freundin geben möchten.

Bitte nur eine Antwort pro Frage auswählen und später auswerten.

1. Stellen Sie sich vor, Sie haben die erste aufregende Nacht mit Ihrer neuen Bekanntschaft verbracht. Am nächsten Morgen kommen Sie aus dem Badezimmer und sehen, dass Ihr Neuer mit einem angefeuchteten Handtuch versucht, die Spuren der gemeinsamen Nacht vom Bettlaken zu entfernen. Was denken Sie?

a) Der ist aber ordentlich und sorgfältig, der richtige Kindsvater!
b) Für wen strengt der sich so an? Hat der was zu verheimlichen?
c) Hat der keine Waschmaschine?

2) Sie leben eine Wochenendbekanntschaft und fliegen abwechselnd von Stadt zu Stadt. An diesem Wochenende bittet Sie Ihr Freund, schon ein Flugzeug früher nach Hause zu nehmen. Warum?

a) Er sorgt sich um Sie und möchte, dass Sie mal wieder so richtig ausgeschlafen ins Büro kommen.
b) Er trifft sich noch mit seiner Clique und geht rechtzeitig vor die Lokaltür, wenn Sie zum Gute-Nacht-sagen anrufen.
c) Er hat noch eine schwierige Präsentation für den Job vorzubereiten, die seine ganze Aufmerksamkeit braucht.

3) Ihr Freund kommt am Donnerstagabend weit nach Feierabend nach Hause und riecht nach Alkohol und Zigarettenrauch. Welche Antwort würden Sie erhalten – und ihm auch glauben –, wenn Sie nachfragen?

a) Die Kollegen haben den Geburtstag des Netzwerkadministrators gefeiert. Da durfte er nicht fehlen.
b) Er hat rein zufällig noch den Freund in der S-Bahn getroffen und ein Bierchen mit ihm in der Lieblingskneipe getrunken.
c) Er sitzt im ICE immer im Bistroabteil und läutet den Feierabend gerne mit einem Gläschen Weißwein ein.

»Auswertung«:

Überwiegend Antworten aus der Rubrik »a«:
Ihnen ist nicht zu helfen. Sie glauben wirklich, die Natur des Mannes ist ehrlich, hilfreich und gut. Träumen Sie weiter!

Überwiegend Antworten aus der Rubrik »b«:
Sie wissen um die männlichen Schwächen und sind im Umgang mit Männern sehr vorsichtig. Sie gehen davon aus, dass er grundsätzlich ein Doppelleben führt, und stellen das gar nicht in Frage. Von der Umerziehung eines schwarzen Schafs halten Sie nichts. Sie wissen, dass das wider seine Natur ist und niemals klappen würde. Er kann Ihnen nichts vormachen und versucht es erst gar nicht. Falls Sie ihn fragen, wo er war, sagt er lieber gleich, was Masse ist. Das ist für ihn auch besser, damit können Sie als geprüfte Frau umgehen.

Überwiegend Antworten aus der Rubrik »c«:
Ihr gesunder Pragmatismus schützt Sie meistens vor Enttäuschungen mit der Männerwelt, weil Sie die Dinge so sehen, wie sie in Ihr Leben passen und nicht umgekehrt; weiter wollen Sie ihnen gar nicht auf den Grund gehen. Vermutlich ist es Ihnen egal, welche Beweggründe er für sein Tun hat oder erfindet, weil auch Sie nicht möchten, dass er Ihre kleinen und großen Geheimnisse kennt. Recht so! Man(n) muss ja nicht alles wissen, und es lebt sich als Frau leichter ohne Bauchschmerzen von all dem Ärger.

Antworten aus jeder Rubrik:
Dieses Buch wird Ihnen gut tun. Es wird Ihre Sinne und Ihre Urteilskraft schärfen. Machen Sie diesen Test einfach noch einmal, wenn Sie das Buch durchgelesen haben. Sicherlich wird das Ergebnis dann anders ausfallen. Wenn nicht, dann

haben Sie schlichtweg nicht aufgepasst und wollen nichts lernen. Setzen, Sechs (nicht Sex)!

Ich ertappte mich immer wieder dabei, dass ich ähnliche psychologische Tests in den so genannten Frauenzeitschriften las und gelegentlich sogar ausfüllte. Vermutlich machte das jede Frau. Diese Tests waren meistens nach der ersten Frage leicht zu durchschauen, ihr Aufbau war ähnlich einfach wie der obige. Manchmal machte sich die Redaktion noch die Mühe, die Antworten mit Sternen, Kreisen und Dreiecken zu belohnen, so dass es schwer wurde, den Fragebogen auf den ersten Blick auszutricksen. Doch meistens gelang auch dies.

Was faszinierte mich also an diesen kurzweiligen Spielchen? Der intellektuelle Anspruch konnte es wahrlich nicht sein. Es waren die Antworten!

Denn welcher Redakteur oder Psychologe sich das Ganze auch ausgedacht haben mochte, er hatte zumindest die Antworten im richtigen Leben recherchiert. Die waren meistens so zutreffend wie unbehaglich.

Nach Beendigung eines Tests verblieben bei mir immer mehr Fragen, als tatsächlich gestellt worden waren. Welche Geschichte verbarg sich tatsächlich hinter der jeweiligen Antwortmöglichkeit? Das beschäftigte meine Phantasie oft noch stundenlang. In der ersten Frage meines »Lügen-Entlarv-Tests« hatte ich eine wahre Begebenheit zwischen Leonard und Karen verarbeitet. So war auch diese Frauenerfahrung, anvertraut unter Freundinnen, wenigstens für etwas gut.

Christian Labois und Sone Rökel

Den folgenden Tag verbrachten Moni und ich mit Planungen und Vorbereitungen für das kleine Geschäftsfest, eine Art Jubiläum. Die Einladungskarten mussten entworfen und getextet werden. Und ein kleines, aber feines Buffet für die Kunden sollte es an dem Tag auch geben. Und da das Fest am 1. August mitten in die Ferienzeit fiel, mussten wir uns und unsere Anliegen beim Catering-Chef und den Musikern rechtzeitig anmelden und auf den Weg bringen.

»Mit Satzkosten und Layout kosten uns tausend Stück etwa 190 Euro«, rechnete Moni. »Das ist ein Bombenpreis. Wir machen gleich zweitausend Stück und du legst noch welche in der benachbarten Einkaufspassage aus.«

»Das sind nicht meine Kunden.«

»Aber vielleicht werden sie es. Eine Vase kostet doch nicht die Welt. Und manchmal braucht man genau die. Und dann kommt man zu dir.«

Mir war das gar nicht so lieb. Wer weiß, wer dann in den Laden käme? So ein bisschen elitäre Ruhe, das war mir schon ganz angenehm. Ich brauchte ja auch noch ein wenig Zeit für mein Buchprojekt.

»Willst du Zucker in deinen Espresso?«

»Gerne«, rief ich, während ich Fotos von einem Schaufenster in Mailand heraussuchte. Die Bilder hatte ich damals noch unter Zeitdruck gemacht, ich war extra noch einmal über den Domplatz in die Galerie gelaufen und hatte riskiert, das Flugzeug zu verpassen.

Genauso mondän pittoresk wollte ich das auch mal in meinem Schaufenster aufbauen. Mit Bergen von schwarzen Jetperlen, Marabu-Federn und ganz zentral auf der Chaiselongue eine weiße Pelz- oder Federstola drapiert. So, als käme die Diva gleich wieder zurück. Ein bisschen verwegen eben. Vielleicht war das eine passende Schaufenstergestaltung für das Jubiläumsfest?

»Und Milch, wenn genug für uns beide da ist.«

War genug da. Gute Landmilch aus der Flasche. Die Tagesration für Mopsi. Der hörte das Knacken des Vakuumverschlusses und stand plötzlich aufrecht mitten im Laden. Da war er hellwach.

»Du bekommst auch ein Schälchen«, sagte Moni, holte ihm sein Schüsselchen und schenkte ihm Milch ein. Mopsi trank und auf dem Fußboden entstand ein pittoreskes Mosaik aus weißen Tropfen von seiner Milchorgie. Ihm hing immer das halbe Mahl in den Barthaaren. Aber das war nicht weiter tragisch. Ich hatte mich daran gewöhnt. Ein Mann krümelte schließlich auch alles voll. Und der hatte mich meistens weniger lieb, als Mopsi mich liebte.

»Moni, sag mal. Wie läuft denn bei euch das Geschäft?«

Moni schüttelte den Kopf.

»Es war schon besser. Wir haben jetzt nur noch zwei studentische Aushilfskräfte im Laden und am Samstag bin ich ganz alleine. Da fahren sowieso alle in die Innenstadt zum Einkaufen.«

Moni hatte einen Eso-Buchladen, in dem man auch ein paar Steine und Kristalle kaufen konnte.

»Anfangs lief das gut, so vor fünf Jahren, wie du weißt. Aber jetzt, wo man in jedem Baumarkt einen Zimmerspringbrunnen kaufen kann oder die beleuchteten, nachgemachten Salzkristalle, da wird für echte

Ware weniger ausgegeben. Kaum einer beachtet den Unterschied.«

»Das nehmen wir auch noch in Angriff«, sagte ich gutgelaunt. »Jetzt machen wir uns erst einmal einen Prosecco auf und planen das Buffet. Für deinen Laden, da fällt uns auch noch etwas mit Pep ein.«

Plopp! Das klang nach Fete. Der Prosecco mundete, und wir wurden zusehends munterer. Früher, da gab es nur schlichten Sekt. Fertig. Aber jetzt nannte es die Industrie Prosecco, das klang witziger und kam aus Italien. Der Name allein gab einem schon das positive Lebensgefühl. Und darum ging es ja schließlich.

»Sushi«, rief Moni, »wäre fein, doch leider schwierig mit der Kühlung hier im Laden. Und dann dieser Geruch.«

»Der Italiener von gegenüber könnte doch leckere Platten vorbeibringen oder so was.«

»Das kennt doch auch schon jeder. Das Publikum ist verwöhnt. Du musst heute schon einen rosa Elefanten durch die Galerie führen lassen, damit jemand kommt. Mit einem Auftritt von Roland Kaiser im Möbelhaus lockst du auch keinen mehr. Und wir müssen außergewöhnliches Finger-Food anbieten.« Sie rollte mit den Augen und hob ihre Hand zur klassischen Austern-Schlürf-Bewegung.

»Fasse zusammen: rosa Elefant, exzentrisches Lukullisches und Musik zwischen DJ Blofeld, der Abba-Revival-Band und den Comedian Harmonists.«

Wir kicherten. Just in diesem Moment schlich Mica Donate auf dem Bürgersteig vorbei. Als er Monis rostige Ente entdeckte, drehte er sich um und kam ins Geschäft. Mica war ein spanischstämmiger Deutscher, der jeden Mittag lässig vorbeiging, um nebenan eine Paella bei Paolo zu essen. Ich hatte ihn mehrmals beobachtet. Er wechselte kurz vor der Galerie immer die Straßenseite, um wie rein zufällig bei mir vorbeizukommen. Im Sommer blieb er vor meinem Laden stehen, im Winter kam er herein. Sommers wie winters begann er ein Gespräch. Ein belangloses Gespräch, über dessen Inhalt es kein Wort zu verlieren gab, weil es keinen Inhalt hatte. Donate hatte immer irgendetwas in der Zeitung gelesen und wollte etwas dazu sagen. Ich las morgens keine Zeitung, das tat ich immer in der Mittagspause. Und so hatte ich nie etwas hinzuzufügen. Ich nickte stets und schwieg. Kurzweilig und fröhlich war er, und das war mehr, als die meisten anderen Männer einem zu bieten hatten.

»Hola! Hat das Fest schon begonnen?«, rief er.

»Noch nicht. Trotzdem kommst du im richtigen Augenblick«, sagte Moni. »Wir kommen mit dem Buffet nicht weiter.«

»Und den Getränken«, ergänzte ich.

»Wie wäre es mit spanischem Rotwein?«

»Ach, was du nicht sagst. Aber bitte keine Paella!«

Donate bekam auch ein Glas Prosecco und setzte sich auf den letzten freien Bauhaus-Sessel. Er wollte lässig aussehen und schlug in dem schmalen Sitzesselchen auch noch die Beine übereinander. Die Hose rutschte über die Knöchel, und er betonte ungewollt seine handgemachten italienischen Schuhe. Gulli oder wie die hießen. Er hatte einen Schuhladen und bekam die Edeltreter für den Eigengebrauch billiger. Die waren aber nichts gegen die französischen Schuhe von G.O. Hamilton. Ganze 80.000 Stück pro Jahr wurden in Handarbeit hergestellt, da saßen die Dinger wie angegossen. Genäht, nicht geklebt. Perfekt. Pro Größe gab es sieben Breiten. Skurril war, dass zwischen dem Gerbprozess der Lederhäute und dem angepriesenen

Finishing die Häute zwölf Monate in der Erde vergraben wurden. Das machte die wohl geschmeidiger. Oder leckerer. Mopsi vergrub seine Knochen nämlich auch immer im Stadtpark. Allerdings fand er sie nie wieder.

Neuerdings hatte Mica Donate finanzielle Einbußen und Schwierigkeiten mit nachgemachten Markenwaren, die in einer Seitenstraße angeboten wurden. Mitten in Berlin. Gucci-Taschen, Polo-Ralph-Lauren-Pullover und eben diese Schuhe hatte er schon als nachgemachte Fakes gefunden. Und bei dem Wort »Fake« betonte er ganz lange ein nicht vorhandenes »ä«, bis einem beim Zuhören ganz komisch wurde. Aber das Verbotene reizte natürlich. Fast hätte ich beim Gassigehen mit Mopsi schon mal einen Umweg gemacht, nur um zu sehen, in welcher Straße der Fake-Laden ist. Ich konnte mir nicht vorstellen, dass ein echter Gucci-Freund ein Imitat kaufte. Und noch dazu in einer Seitenstraße. Oder doch?

»Und wie wäre es mit etwas Süßem? Rotwein mit zartbitterer Schokolade von Cailler aus der Schweiz und dunkle Weintruffes mit Stäfener Rotwein. Kleine Schoko-Himbeergelee-Stäbchen oder Ingwer in Zucker. Das könnte doch schmecken!«, sagte ich plötzlich. Mit Schokoladen und Süßwaren, da kannte ich mich aus. Das war mein Metier.

»Genau das ist es. Was Süßes! Das passt auch zum Motto des neuen Geschäftsjahres!«, rief Moni und biss herzhaft in eine Champagnertrüffel. Leckereien für den Gaumen hatte ich immer griffbereit. Über den Gaumen in die Seele könnte mein Motto lauten.

»Was Süßes zum Dessert«, rief Donate und schaute mit rollenden Augen zur Decke.

»Wie geht es eigentlich deiner Frau?«, fragte Moni spitz.

Das war die, die er an der Straßenecke immer so schlecht küsste, wie ich nebenbei beobachtet hatte.

»Gut, danke. Wieder schwanger und gerade bei den Großeltern in Madrid.«

»Aha«, sagte Moni. »Wann kommt sie denn wieder? Feiert sie mit?«

»In drei Wochen.«

»Gut, dann ist sie dabei.« Moni schrieb den Namen flink auf die Liste. »485 Einladungen bis jetzt. Willst du auch die einladen, die nur einmal was gekauft haben?«

»Ja, einmal ist bekanntlich keinmal. Vielleicht gefällt ihnen was aus unserer Schatzkammer. Wir haben gestern neue Kisten bekommen. Die kleinen Skulpturen und die Schalen sehen großartig aus.«

»Habt ihr für den Abend einen Wachmann?«, fragte Donate plötzlich.

»Nee, daran haben wir nicht gedacht.«

Wachmann? Mopsi ließ seinen Häkelball sinken. Moment einmal! Er knurrte leise, stand auf und drehte sich einmal um die eigene Achse. Dann setzte er sich wieder auf sein Kissen.

»Conrad braucht Unterstützung«, sagte Donate und zeigte auf Mopsi, »das ist doch klar. Mindestens meinen Bruder solltet ihr engagieren. Für mich macht er das schon. Er ist bei der Security im ›Loch‹.«

»Klingt anheimelnd«, lachte Moni.

»Ehrlich, Rodriguez macht das schon.«

»Gar keine schlechte Idee. Ist das dein Jubiläumsgeschenk?«, fragte Moni schnell.

»Wenn du es so willst. Ich rufe ihn mal an. Wann soll die Party stattfinden?«

»Am 1. August ab 16.30 Uhr. Mit kleinem Buffet und Musik vom Berliner Jahrhundert Swing Orchester.«

»Von wem?«

»Vier Swingmusiker im Frack mit Klarinette, Bandonion und noch irgendeinem Blasinstrument. Habe ich jetzt vergessen.«

Moni hielt einen Prospekt vom KaDeWe hoch, wo die Truppe zur Asta-Nielsen-Stummfilm-Revue aufgespielt hatte. Mitten im Foyer des Kaufhauses wurden alte Schwarzweißfilme gezeigt, während die Kauflustigen an der Information nach der Kurzwarenabteilung fragten oder sich bei Bobbi Brown ein neues Augen-Make-up verpassen ließen. Eine waghalsige Idee, und noch dazu während der Berlinale, aber sie kam gut an.

»Davon verstehe ich nichts«, sagte Donate und stand auf. »Aber die werden schon gut sein, wenn ihr sie ausgewählt habt.« Er drückte den Rest seiner American Spirit im dickwandigen Ascher aus.

»Habt ihr genug Suze bestellt?«

»Was haben wir?«

»Suze, seit 1889 ein Klassiker in der Pariser Modeszene«, sagte Donate lässig. »Sollte nicht fehlen.« Das hatten ihm bestimmt die Party-Hühner von Rodriguez erzählt.

»Und was ist das?«, fragte ich nach.

»Ein süßlicher, leicht bitterer Schnaps aus Blüten. Diese blauen, ähem, ... Enzian. Aus Enzian ist der, genau!«

Donate war stolz, das sah man ihm an. Er hatte uns das erste Mal in seinem Leben etwas erzählt, das wir tatsächlich noch nicht wussten. Abgesehen von den Tagesnachrichten aus der Zeitung.

»Und der Knaller ist, dass die Flasche jedes Mal anders aussieht. Von Designern wie Christian Labois und Sone Rökel.«

»Du meinst Christian Lacroix und Sonia Rykiel.«

»Und die verpassen der Flasche immer wieder ein neues Outfit. Im Moment hat sie die Streifen von Sone.«

»Sonia, alles klar.« Moni hatte genug gehört. Belehrungen hielt sie maximal dreißig Sekunden aus.

»Ich melde mich, wenn ich weiß, ob Rodriguez den Job übernehmen kann«, sagte Donate schnell. Er merkte, dass die Luft zusehends dicker wurde.

»Gut, wir freuen uns«, rief Moni und winkte ihm nach.

»Und was ist mit dir? Der Entwurf für die Einladungskarte gefällt dir auch so, wie er ist?«, fragte sie mich.

Ich nickte. »Ja, sehr, tja, sehr progressiv. Aber meinst du nicht, wir sollten noch den Satz *Um Rückantwort wird gebeten* hinzufügen?«

»Das macht heutzutage kein Mensch mehr. Wird sowieso ignoriert. Die Leute entscheiden spontan am Fetenabend. Gibt es irgendwo eine andere Party, die ihnen mehr Spaß verspricht, dann gehen sie da hin. Treue ist out. Anmelden auch.«

»Moni, bist du zu dem Festtermin ganz sicher nicht im Urlaub?«

»Hey, nun mal ganz ruhig. Ich bringe dir morgen ein neues Meditationsbuch von Melanie Beattie zur Beruhigung vorbei.« Und dann wechselte sie einfach das Thema.

»Ich denke, graziler Blumenschmuck mit blühenden Kirschzweigen, grünen Bambusruten und Lotusblüten in großen Schwimmgläsern, das wäre sehr passend zu den dunklen Möbeln und dem Stil des Festes. Ich bringe sie dir einen Tag vorher, und dann dekorieren wir zusammen. Ganz gezielt. Wir beleuchten auch alles anders, mit indirekten Spots. Die leihe ich mir von Herbert. Der arbeitet in Babelsberg im Studio. Und wir brauchen noch ein Grammophon und Schellackplatten zur Deko für dein schlichtes Sideboard. Und ein paar Federboas und Perlenvorhänge, die wir an den Spots befestigen. Mehr nicht. Alles andere ist schon Art déco genug.«

Moni begann zu schwelgen. Ihr Exmann war Abonnent von AD und kaufte Bücher, die »Wie Innenarchitekten wohnen« hießen. Ich vermutete aber, dass Moni die Zeitschriften las und nicht er.

»In einem Club in Budapest, da hatten sie tolle mit asiatischen Stoffen bezogene Chillout-Liegen. Wenn wir nur eine davon hätten, das wäre chic. Oder ein Edelsofa, das ich auf den Bürgersteig stellen und beleuchten würde. Und ein Beistelltisch aus Nussbaum mit Vasen aus Ebenholzfurnier für einzelne Blüten. Ganz minimalistische Gefäße.«

Ich zeigte mit einem Keks auf Opas rosafarbene Chaiselongue.

»Nicht ganz«, sagte Moni, »aber durchaus in die Richtung.« Das liebte ich an Moni. Ich konnte den größten Blödsinn machen oder sagen. Sie blieb immer diplomatisch. Und Opas Chaiselongue mit einer Chillout-Liege zu vergleichen, das war schon ziemlich gewagt.

Moni stand auf und schob sich ihren Turban auf dem Kopf gerade. Wenn sie den trug, dann war wieder was mit der Henna-Tönung schief gelaufen. Zu lange unter den Plastiktüten gelegen. Dennoch, zu einem Friseur würde sie deswegen nie gehen. Wir verabschiedeten uns mit Küsschen. Ich stand noch einen Moment in der Ladentür, bis die Ente davongeknattert war. Dann öffnete ich im winzigen Lagerraum die neuen Kisten und fegte die Holzwolle von den Keramikschalen. Kling-ding, machte die Ladentür. Da war tatsächlich der erste Kunde des Tages gekommen.

Im Verborgenen findet sich das Glück

Mopsi und ich nahmen auf dem Weg zu unserem Laden einen kleinen Umweg über Herrn Sigmund. Er hatte einen Wasserladen. Vom Springbrunnen bis zur Umwälzpumpe, vom Kalkfilter bis zum Wasseraufbereiter, es gab bei ihm einfach alles rund ums Wasser. Selbst einige Bildbände und Bücher zum Thema hatte er ins Schaufenster gelegt.

»Oh, Sie bringen neue Bücher«, sagte er. »Ach ja, stimmt, ich hatte Sie vorgestern angerufen. Ich bin so zerstreut in letzter Zeit«, murmelte er zur Begrüßung.

»Ich auch. Aber vielleicht gibt es was dagegen?«

»Meine entspannenden Zimmerbrunnen jedenfalls helfen nicht.« Er lachte und zeigte auf die vollen Regale. »Ich habe neunzehn Stück davon und werde immer nervöser.« In seinem Laden plätscherte es aus allen Ecken durcheinander. Das wäre auch mir zu viel.

Ich legte bedächtig fünf Bücher in Klarsichtfolien auf den Ladentresen. Meine Wasserfibel lieferte ich hier immer gerne persönlich aus. Da ich sie in einem sehr kleinen Verlag herausgebracht hatte, wurde ich keinesfalls reich dabei. Aber es machte mir Spaß zu hören, was den Leuten am Buch gefiel und was nicht. Und Herr Sigmund erzählte es mir immer. Wie gesagt, Fachbücher waren kein so großes Problem wie dieser neue Beziehungsratgeber. Der nagte an mir.

»Und Mopsi ist auch wieder da«, freute sich Herr Sigmund. Kaum begrüßt, trank Conrad schon aus einem plätschernden Zimmerbrunnen, der auf dem

Boden stand. »Da ist Kalklöser drin!«, rief Herr Sigmund erschreckt.

»Nicht schlimm, den mag er doch besonders gern.«

»Ach, ja. Ist auf Zitronenbasis. Vermutlich schmeckt das dem Mops so wie uns eine Limo.«

»Vielleicht.« Wir schwiegen, während Mopsi die Holzdielen um den Zimmerbrunnen herum nass sabbelte. Ich sah mich um.

»Ist alles nicht so leicht im Moment«, sagte er. »Vielleicht fünfzehn Kunden waren gestern insgesamt da.«

Ich nickte. »Artdéco-Deckeldosen sind im Moment auch nicht der Umsatzschlager.«

»Aber ich plane gerade wieder eine neue Wasseraufbereitungsanlage für eine Brauerei. Wenn ich den Auftrag kriege, dann ist dieses Jahr gerettet«, sagte er.

»Ich schnitze an einem neuen Buch«, sagte ich gedankenverloren und beobachtete ein Wasserspiel.

»Worüber denn. Über Wasser?«

»Nicht direkt. Wird diesmal wohl eher ein Ratgeber.«

»Über Wasser?«

»Eher weniger. Mehr über Beziehungen, über Mann und Frau und so.«

Herr Sigmund war enttäuscht. »Ach so«, sagte er.

»Sagen Sie mal, das Wasserspiel da, das mit den Blasen. Was kostet das?«

»30 Euro. Es ist ein Luftbefeuchter. Und hier«, er nestelte am Schalter herum. »Sie können auch die Farbe verändern und die Geschwindigkeit, mit der die Blasen durch die Wasserröhre jagen.«

Ich war begeistert. Das mussten wir haben.

Und so bekam »Art déco Silber – Alles von Opa« sein erstes Wasserspiel. Ich stellte die Grundfarbe Blau ein und platzierte das bizarre Glasding rechts ins Schaufenster hinter die opake Pilzleuchte auf dem silbernen Tischchen. Das schimmerte großartig. Immer wieder blieben Leute vor dem Schaufenster stehen und zeigten auf die blau perlenden Luftblasen. Und sie schauten sich auch meine Vasen, Opas Rauchtisch und den blanken Schirmständer aus Aluminiumguss an. Den verkaufte ich tatsächlich am selben Tag an einen älteren Herrn mit Hut.

»So einen habe ich schon immer gesucht«, sagte er und trug den Ständer zufrieden zu seinem Auto. »Passt genau zur alten Garderobe.«

Tja, und ich hatte eine Lücke im Schaufenster. Es war also an der Zeit, umzudekorieren. Aber das türkisblaue Wasserspiel blieb drin.

Das Handy zirpte wie eine mutierte Mammut-Grille. Ein Sound-Gag aus dem Eso-Shop von Moni. Das sollte einen an den letzten Urlaub erinnern und dem Anrufer gegenüber freundlich stimmen. Ich mochte keine Grillen, außerdem hatte ich in Berlin noch keine gesehen. Da hatten wir nämlich im Jahr zuvor Urlaub gemacht. Zu Hause. Ja, das Jahr davor, mit Nina in Afrika, da hatten wir Party-Life, Kultur-Highlights und Wellness-Tage. Alle drei auf einmal wie bei einem Ü-Ei. Leider hatten wir uns aus den Augen verloren. Mit einem eigenen Laden und noch viel mehr Verantwortung konnte ich mich schlecht drei Wochen ins Resort absetzen. Da hörte der Spaß auf. Wenngleich ein anderer begann!

Ich klappte das Handy auf, und schon war die Stimme von Moni zu hören.

»Ich bin bei der Druckerei am Prenzlberg vorbeigefahren. Passt es dir, die Einladungskarten selber abzuholen? Dann können wir sie früher verschicken und gewinnen einige Tage im Versand. Es ist sowieso zeitlich schon knapp.«

»Ja, kein Problem. Ich hole sie ab«, hörte ich mich sagen. »Und das Eintüten machen wir gemeinsam bei mir. Ich habe noch einen ganz speziellen Prosecco *De Faven* für einen besonderen Anlass kühl gestellt.« Ein Geschenk eines Kunden aus dem Gourmetparadies in Küsnacht.

Fapp! In diesem Moment hatte Conrad aus dem Häkelball von Moni die Wolle komplett herausgezogen. Das konnte sie nicht sehen und gottlob auch nicht hören. Er brachte die Häkelballreste in die Espressoküche und legte sie bedächtig neben die Restmülltonne. Einen Erfolg musste man in Ruhe zu Ende bringen. Das sah ich seinem zufriedenen Hundegesicht an.

Ich hatte fünf Minuten Zeit und klappte flugs meinen Laptop auf. Ein paar neue Gedanken für den Beziehungsratgeber waren mir eingefallen. Ideen zum Thema schlechte Erfahrungen, die jede Frau erzählen konnte. Vermutlich auch jeder Mann, das aber interessierte mich nicht.

Meine Männergeschichten waren nicht besonders glücklich verlaufen, wenig erquicklich und auf Dauer langweilig. Es machte also immer mal wieder Sinn, im Beziehungsalltag eine Inventur vorzunehmen. Und das Alte innerlich abzuschließen. Dafür hatte ich mir das kalendarisch vorgegebene Jahresende vorgenommen. Und für Silvester hatte ich eine sehr gelungene Methode gefunden, unliebsame Bekanntschaften innerlich wie äußerlich durch einen symbolischen Akt endgültig zu beenden: Ich liebte ein brillantes, buntes Feuerwerk und Silbersternraketen. Und die kleinste Rakete in jedem Jahr, sozusagen der »Verrecker« im Sortiment, galt stets einem Mann, der mich in dem vergangenen Jahr enttäuscht hatte. Einer fand sich übrigens immer!

Ich nahm mir einen dicken, schwarzen Eddingstift aus der Schreibtischschublade und schrieb vor der Silvesterfeier in einem ruhigen, beinahe meditativen Augenblick seinen Vornamen auf die Rakete. In der Silvesternacht gab es ein fulminantes Feuerwerk, zu dem ich gerne reichlich beitrug. Wenn das alte Jahr verabschiedet und das neue Jahr begrüßt war, also die wirklich wichtigen Dinge abgeschlossen waren, dann flog die Rakete mit dem männlichen Vornamen in die dunkle Nacht. Der winzige Verrecker. Zisch!

»Du kommst nicht mit«, rief ich fröhlich in Champagnerlaune, winkte der Rakete noch einmal symbolisch hinterher, dann explodierte das Ding im Nachthimmel, und alles, was blieb, war ein kurzer Funkenregen. Abgeschossen.

Wenn man also einmal an einem Berliner Neujahrsmorgen eine aufgeweichte Raketenhülse mit einem männlichen Vornamen auf der Straße vorfinden sollte, dann konnte gewiss sein, dass ich ein befreiendes Silvesterfest hatte.

Doch bevor ich meinen Silvester-Tipp in meinen Laptop schreiben konnte, hörte ich das Klingding der Türglocke. Mica Donate stand strahlend im Laden.

»Das mit Rodriguez klappt«, sagte er. »Mein Bruder kommt gerne mal wieder unter andere Menschen.«

»Andere Menschen?«

»Ja, na ja. Eben nicht die Girlies aus der Disco oder die eitlen Jungregisseure.«

Er setzte sich auf den Sessel, nahm sich wie selbstverständlich den mundgeblasenen Glasaschenbecher aus dem Schaufenster und zündete sich eine Zigarette an.

»Ich könnte euch beim Aufbau helfen. Wisst ihr schon, wo das Buffet hinkommt?«

»Nicht so direkt. Irgendwo da«, ich zeigte auf die rechte Seite des Ladens.

»Da ist es viel zu eng. Da!« Mica Donate zeigte auf die andere Seite.

»Nein, das geht nicht, da ist der Platz für die Kühlanlage und die Gläser.«

»Es ist einfach zu klein hier«, sagte er.

»Tja, mehr war nicht drin. 89 qm Ladenfläche am Ku'damm, mehr ist nicht«, sagte ich ein wenig beleidigt und zog die Schultern hoch.

Wir überlegten.

»Ein Zelt wäre gut. Ein Zelt auf dem Bürgersteig und dann hier so einen Teppich.« Donate sprang auf, fuchtelte mit den Armen in der Luft herum, riss die Ladentür auf, dass die Glocke empfindlich laut schellte. Könnte ihr letzter Einsatz sein, dachte ich.

»Hier der Teppich. So ein roter wie bei den VIPs auf der Berlinale, und da machen wir dann einen Scheinwerfer hin, und so ... Und links stellt sich Rodriguez hin. Im Anzug, sage ich ihm ...«

»Donate, ähem, ein Zelt sieht komisch aus.«

Erleichtert hörte ich die Ente von Moni vorfahren.

»Was macht ihr denn hier bei offener Ladentür. Den Frühling reinlassen?«, fragte sie.

»Eine Idee«, sagte Donate und warf die Haare in den Nacken wie ein Architekt. Ich zog Moni in meine Espressomaschinennische und erklärte ihr kurz die Lage. Donate setzte sich wieder in den Sessel und rauchte weiter.

»Die Idee ist gut«, sagte Moni. »Aber vermutlich kostspielig.«

Donate verneinte das.

»Rodriguez kennt einen, der die Zelte aufbaut für die Filmveranstaltungen und so. Den soll er mal fragen. Ich kümmere mich gleich drum. Für wie viele Personen?«

»Etwa 350 – es werden ja nicht alle Eingeladenen kommen.«

»Mache ich, tschüss dann«, und Donate verschwand aufgeregt und telefonierte noch im Gehen mit seinem Handy.

»Komischer Kauz«, sagte Moni. »Warum macht er das alles für dich? Er hat doch eine Frau.«

Ich zuckte mit den Schultern. »Er ist nicht mein Typ. Nett, aber er hat ja eine Frau. Wie du schon sagst. Vermutlich mag er uns einfach. Als Nachbarn.«

»Wer ist denn dein Typ?«

»Mhhh«, ich überlegte.

»Ich fahre schnell die Ente aus dem Halteverbot, dann erzählst du mal.«

Dazu kam es heute gottlob nicht, weil Moni zurück in ihren Buchladen musste. Die Aushilfe hatte angerufen. Sie sei krank und könnte heute nicht den Laden beaufsichtigen. Und die andere hatte eine Prüfung an der Uni. Moni musste also selber ran. So hatte ich Zeit, in Ruhe das Kapitel mit dem Silvester-Tipp für wagemutige Frauen zu schreiben.

Schon nach zehn Minuten wurde ich von meinen eigenen Gedanken abgelenkt. Ich dachte an Sigi Wagner und seinen Beruf als Dozent an der Uni. Da hatte er mit so vielen jungen Frauen zu tun. Frauen wie Karen, die sich einfach in einen Dozenten verliebten und ihm in ihrer Gefühlsduselei nachstellten. Das wurmte mich. Ein Trost immerhin war, dass Karens Affäre mit ihrem Prof nicht glücklich verlaufen war. Doch auch wenn Sigi eine unglückliche Affäre mit einer anderen Frau hätte ... Ich durfte nicht dran denken, sofort bekam ich so ein komisches Bauchkneifen. Warum nur? Was ging mich Sigi Wagner an? Ich kannte ihn doch kaum!

Ich dachte an Karen. Sie hatte sich in Leonard verliebt. Er war Gastprofessor an der Fachhochschule, an der sie studierte. Sie besuchte seine Seminare. Und da Karen schon immer etwas Schwärmerisches hatte, saß sie trotz ihrer 26 Jahre in jeder Vorlesung über das »Zerspannungsverhalten von Leichtbauwerkstoffen« in der ersten Reihe. Es blieb nicht aus, dass er dies bemerkte, zumal sie es darauf anlegte und die einzige Frau in der Vorlesung war. Doch richtig kennen gelernt hatten die beiden sich eigentlich erst auf dem Parkplatz. Da hatte sie nämlich ihr Auto rein zufällig neben seinem geparkt und kam ebenso zufällig nach seiner Vorlesung zum gleichen Zeitpunkt am Auto an wie er. Dass dahinter ein ausgeklügeltes Zeitmanagement stand, und obendrein eine Freundin, die Karen, die hinter einer Hausecke wartete, zum richtigen Zeitpunkt ein Zeichen zum Loslaufen gab, das wusste er nicht. Alte Schülertricks, aber sie klappten auch noch im hohen Alter.

Karen und er gingen fortan alle zwei Wochen regelmäßig mittags vor der Vorlesung beim Italiener zum Essen. Jeder zahlte brav für sich. Er ließ sich unterhalten, Karen genoss seine Nähe und mehr nicht. Es dauerte Monate bis sich etwas Nennenswertes tat. Immerhin sprachen sie zunehmend über Privates. Weihnachts- und im darauf folgenden April sogar kleine Ostergeschenke wurden überreicht. Karen schwebte im siebten Himmel. Erschienen ihr diese rudimentären Hinweise auf seine Bürgerlichkeit doch als Garant für ein bevorstehendes geregeltes Zusammen- und Sexualleben. Leider jedoch hatte nur sie etwas für ihn vorbereitet, er hingegen dachte Weihnachten und Ostern nicht an sie.

Wie sich später herausstellte, auch zu keinem anderen Zeitpunkt.

Sonderbar wurde das Ganze nach der ersten gemeinsamen Nacht. Karen kam aus dem Badezimmer, hatte sich das Badetuch lässig um den Oberkörper geknotet, ihr Haar fiel frisch gekämmt auf die Schultern, und außer einem Hauch Parfüm trug sie noch nichts am Körper. Doch statt der erhofften Verlängerung des Liebesspiels vom Vorabend, sah sie ihren Liebsten angestrengt über das Liebeslager gebeugt mit einem nassen Handtuchzipfel die Reste ihrer Liebesfreuden aus dem Laken reiben. Er bemerkte nicht einmal, dass sie ihn beobachtete. Sein nacktes Hinterteil wippte im Takt und mit ihm zwei Teile seiner Männlichkeit. Es war auch für ein liebendes Auge ein skurriler Anblick.

Das anschließende Frühstück verlief äußerst hastig und bestand außer frisch gekochtem Kaffee weitgehend aus den Resten des Abendessens. Denn er hatte sie vor ihrer ersten gemeinsamen Nacht nicht etwa in sein Lieblingslokal zum Essen ausgeführt (wo ihn jeder kannte), sondern flugs auf dem Wochenmarkt ein bisschen Käse, Oliven und Brot eingekauft. Denn: »Zu Hause ist es doch einfach gemütlicher.«

Er hatte nicht gerade üppig eingekauft, was auch Rückschlüsse auf seine zärtlichen Zuwendungen erlaubte. Ein Mann, der nicht viel und gerne isst, ist auch kein Sinnenfreund in anderer Hinsicht. So war Leonard im Bett äußerst sparsam, geradezu pragmatisch. Der Grund für seinen Geiz (zumindest der beim Einkauf) war der, dass die Überreste des Abendessens und des folgenden Frühstücks in seine Reisetasche passen mussten. Sie wurden ordentlich in seinem Auto verstaut. Denn nach diesem ersten nächtlichen Tête-à-Tête verließ er fluchtartig sein angemietetes Einzimmerapartment in der Unistadt und eilte für das Wochenende zu Frau und Kindern nach Hause auf den Reiterhof. Bis zur dortigen Ankunft lagen ganze drei Stunden Autofahrt vor ihm, genügend Zeit also, die beweislastigen Essensreste unterwegs zu vertilgen. Karen hingegen wusste dies zu diesem Zeitpunkt alles noch nicht. Beseelt kam sie uns besuchen und schilderte in Fragmenten ihre erste, angeblich aufregende, Liebesnacht.

Als er mehrere Male hintereinander nicht zum obligatorischen Mittagessen beim Italiener aufkreuzte, rief Karen ihn auf seinem Handy an.

»Ich kann heute nicht kommen. Ich habe so viel zu tun«, sagte er entschuldigend. »Ein andermal wieder gerne.«

»Immerhin, er hat gesagt *ein andermal wieder gerne*«, berichtete sie mir. Das kam mir schon seltsam vor.

Von da an kam er pünktlich auf die Minute an der Uni an, rannte zur Vorlesung und verließ ebenso schnell wieder den Vorlesungsraum.

Karen heftete sich, nachdem sie einige Male vergeblich vor dem Vorlesungsraum herumgelungert hatte, an seine Fersen und verfolgte sein Auto mit dem Fahrzeug ihrer Freundin. Inkognito sozusagen.

Er hielt vor einem »Frankonia«-Jagdgeschäft, ging gemäßigten Schrittes hinein, und nach über einer dreiviertel Stunde kam er sichtlich gut gelaunt mit einer großen Papiertüte wieder heraus. Er hatte also durchaus noch Zeit für die angenehmen Seiten des Lebens. Allerdings war es in diesem Fall ein Shoppingausflug und nicht Karen.

Sie war zerknirscht. Wir rieten ihr, nach wie vor alle zwei Wochen beim Italiener zu Mittag zu essen. Erstens könnten sie die quirligen Italiener vielleicht ein wenig ablenken, und zweitens könnte es ja sein, dass er doch noch einmal auftaucht. Aber Pustekuchen!

Und auch ein erneutes Nachfragen bei ihm via Handy, diesmal zwei Tage vor dem Freitag (um ihm seine Planung zu erleichtern!), bescherte ihr nur eine karge, unverbindliche Abfuhr.

Sie wollte es wissen. Nach der Vorlesung wartete sie direkt neben seinem Auto. Unübersehbar. Als er kam und sie sah, blieb er zunächst wie versteinert stehen. Dann näherte er sich entschlossenen Schrittes.

Während Karen ihn leise ansprach, warum er denn nicht mehr zum gemeinsamen Mittagessen käme und wieso er keine Zeit mehr für sie habe, öffnete er die Heckklappe seines Autos und lud gleichmütig die Papierstapel an Vorlesungsunterlagen ein. Als sie ihn weiter fragte, ob alles in Ordnung sei, drehte er sich brüsk um, blieb wie ein Zinnsoldat vor ihr stehen und sagte laut: »Bitte belästigen Sie mich nicht mehr!«

Sie! Er hatte »SIE« zu ihr gesagt. Er, den sie mit schrumpeligen Stachelbeerhoden und einem nicht weiter erwähnenswerten Dödel schnarchend im Bett erlebt hatte. Er, der sich an strategisch wichtiger Stelle ungenügend gewaschen, grunzend und miefend wie ein Erdferkel in ihren Armen gewälzt hatte. Er, der …

Was bildete ER sich eigentlich ein?

Karen blieb wie angewurzelt stehen. Wir konnten das von unserem Beobachtungsposten hinter den Glasscheiben des Seminarraumes aus gut sehen. Er stieg in sein Auto, wendete rasant und fuhr davon. Sie stand geschockt in einer Abgaswolke auf dem leeren Parkplatz an einem Freitagnachmittag im November und weinte.

Ich weiß nicht, was wir Freundinnen mit ihm gemacht hätten, wenn wir ihn jemals zu fassen bekommen hätten. Aber er war berechnend. Er hatte seinen Abgang genau geplant. Er kam nie mehr an diese Fachhochschule, seine Gastprofessur war ausgelaufen. Die Studenten waren ihm sowieso egal gewesen, er hatte nicht eine einzige Studienarbeit betreut. Es war ihm nur um den Professorentitel gegangen, der sich in der Industrielandschaft, aus der er kam, gut zu einem Managerposten machte. Und um ein bisschen Abwechslung in seinem langweiligen Sexleben.

Uschi, worin besteht der Verlust?

Moni hatte sich die Adressdatei gegriffen. »Hier, die Etiketten schreibst du.« Sie halbierte den Kartenstapel. »Und die schreibe ich.«

Wir saßen uns am kleinen Nussbaumschreibtisch gegenüber.

»Nun erzähl doch mal, was ist denn nun? Welchen Mann lädst du zum Fest ein?«

»Was?«

»Na, wen hast du dir ausgeguckt? Kennst doch inzwischen genug hier in Berlin. Oder deinen neuen Nachbarn? Interessiert dich im Moment keiner näher?«

»Keiner, du hast es erfasst«, sagte ich.

»Warum denn nicht?«

»Keine Zeit.«

»Du hast genug Zeit.«

»Ich bin den ganzen Tag im Laden, abends schreibe ich hin und wieder einen Artikel, damit noch was in die Kasse kommt. Was will ich da mit einem Mann?«

»Der könnte mal was beisteuern zur Miete oder so.«

»Ach«, sagte ich sichtlich genervt. »Meine Miete zahle ich lieber selber. Bisher habe ich nur Schwerenöter kennen gelernt. Ich wünsche mir mal einen seriösen Mann mit einem Girokonto und einer funktionierenden Kreditkarte.«

Wir lachten.

»Da kenne ich schon welche«, sagte Moni jetzt wieder.

»Nee, lass mal. War nur ein Scherz. Das ergibt sich von alleine. Und Mopsi mag auch keine Konkurrenz.«

Mopsi legte seinen neuen Häkelball zwischen den Pfoten ab und guckte uns an. »Siehste, der versteht, was wir sagen.«

»Der hat bloß seinen Namen gehört. Mehr nicht.«

Mopsi sah Moni beleidigt an. Dann zog er wie zum Trotz einen besonders langen Faden aus dem eben erst überreichten Häkelball.

Sollte ich Moni erzählen, dass ich eine hoffnungslose Träumerin war? Dass sich bei mir eine Begegnung mit einem Mann aus einem verrückten Moment heraus ergeben müsste und nicht durch Planung der Freundinnen? Sozusagen Liebe auf den ersten Blick oder meinetwegen auch Liebe mit Hindernissen. Dass mich die Liebe in profanen Situationen ergriff, wenn die Fahrstuhltür aufging und Mr. Right vor mir stand oder ich an der Käsetheke meinen Ziegenkäse fürs Wochenende bestellte und neben mir der süßeste Berliner aller Zeiten auftauchte, der sich statt für die Rohmilchkäseauswahl für mich interessierte? Sollte ich ihr erzählen, dass ich mein Leben immer nur dann spannend fand, wenn es auch ein Film sein könnte?

»Ich kannte mal einen, das war schon ein toller Typ. Allerdings rein vom Äußeren.«

Moni hob den Kopf und legte den Stift zur Seite.

»Nun guck nicht so, ich kann besser erzählen, wenn du nicht so guckst.«

»Dann gucke ich eben nicht«, sagte sie und sortierte betont unauffällig auffällig Visitenkarten. Mir war das nun auch wieder peinlich.

Ich erzählte ihr also lieber von meinen Enttäuschungen als von meinen Hoffnungen. Dafür hatte ich eine Erklärung: Die Enttäuschungen hatten mich enttäuscht, dafür hießen sie schließlich so. Wenn mich aber meine Hoffnungen enttäuschten, dann könnte ich nie mehr fröhlich sein. Ohne Hoffnung stirbt der Mensch. Und das war mir doch noch ein bisschen früh.

Die Enttäuschung mit dem Namen Marc hatte ich zu einem Zeitpunkt kennen gelernt, da hatte ich leider noch das Dusselige-Kuh-Syndrom.

»Es gab mal was zu feiern in meinem Berufsleben. Die Pressekonferenz war glatt verlaufen, der Autor hatte sein neues Werk charmant vorgestellt. Die Journalisten liebten ihn und stellten höfliche Fragen. Sein illustres Leben war fast interessanter als sein neues Buch. Und er selbst mit seiner Wahnsinnswallemähne.«

»War es der Autor?«, fragte Moni dazwischen.

Ich rollte mit den Augen.

»Nein, der gewiss nicht. Ich wollte dir nur vermitteln, dass ich damals allerbester Laune war als PR-Tante dieser Firma.«

Sie nickte.

»Ich wollte mir was Gutes tun und besuchte das neu eröffnete Tex-Mex-Lokal in der Innenstadt. Köstliche Tapas mit bunten Soßen wollte ich probieren. Ich saß an der Bar. Bis das Essen kam, hatte ich jegliche Kurzweil, die ich mir wünschen konnte. Der Barkeeper mixte blau-grüne Cocktails. Wenn er den Shaker ansetzte, bewegte er seinen ganzen Körper rhythmisch mit. Und ich betone: den ganzen Körper. Er nahm den Shaker in beide Hände, hielt ihn schräg über den Kopf und wiegte sich wie ein Hawaii-Mädchen bis hinunter in die Hüften. ›Shake that thing …‹, summte ich dazu.«

Ich stand auf, legte die Hände vor dem Kopf zusammen und schüttelte rhythmisch einen nicht vorhandenen Cocktailshaker.

»War es der Barkeeper?«

»Nein, Moni. Erzähle ich zu ausufernd?« Ich setzte mich wieder an den Schreibtisch.

»Eigentlich nicht, aber ich möchte endlich wissen, was passiert ist.«

»Bei mir braucht alles seine Zeit. Vielleicht ist das ja das Problem. Also, an der Rückwand der Bar, hinter den Spirituosenflaschen, war ein Spiegel angebracht. Ich hatte dadurch eine prächtige Rückenansicht des smarten Barkeepers.«

»Shake that thing«, alberte Moni und rollte mit den Augen.

»Außerdem konnte ich die Gäste, die auf der rechten Seite der Bar saßen, sehen. Plötzlich fiel mir so ein Typ auf. Das heißt, ich sah zunächst nur seine Hand an einem Whiskyglas. Wie er manchmal das Glas hob, offensichtlich daraus trank und es dann wieder auf die Bar stellte. Dann beobachtete ich, wie er sich eine Zigarette ansteckte. Ich sah das glitzernde Feuerzeug und nach wenigen Sekunden die rauchende Zigarette in seiner Hand. Meine Beobachtung und der Bildausschnitt, den ich von ihm sah, das hatte so ein bisschen was von einem Westernfilm. Weißt du, so eine Saloon-Szene. In der ersten Einstellung der Kamera sieht der Zuschauer nur eine Hand, dann die Pistole. Plötzlich der Schuss. Nächstes Bild: Der Stetson eines Cowboys dreht sich zur Seite, ein markant gegerbtes Gesicht mit Zigarette im Mundwinkel ist zu erkennen. ›Stirb, Schurke‹, sagt er. Mehr nicht. Dann greift er zum Whiskyglas und nimmt einen kräftigen Schluck und der Zuschauer hört das Glucksen in seiner Kehle.«

»Du bist eindeutig filmgeschädigt. Vermutlich Zorro oder Bonanza«, sagte Moni. Sie hatte den Nagel auf den Kopf getroffen.

»Aber der Typ war nicht der dicke Hoss von der Ponderosa, der sah schon besser aus.«

»Wie denn?«

»Das wollte ich auch gerne wissen. Also veränderte ich meinen Blickwinkel im Spiegel. Ich rutschte auf dem Barhocker herum. Hoffentlich hatte das keiner beobachtet. Und versuchte, etwas mehr von dem Westernhelden zu erkennen. Jetzt sah ich immerhin schon seinen Mantel, darunter schaute ein schwarzes Jackett hervor. Vermutlich hatte der auch gerade den Feierabend eingeläutet oder kam von einer Beerdigung, so wie der aussah.«

»Hast doch auch immer Schwarz an«, kommentierte Moni und biss in einen Amaretti-Keks mit Kirschfüllung.

»Das war nicht immer so. Wir können ja mal gemeinsam meinen Kleiderschrank aufmachen. Dann wirst du es sehen.«

»Machen wir. Gemeinsam ausmisten ist besser als alleine. Wann hast du Zeit? Nächsten Sonntag? Würde mir passen«, sagte Moni und griff gleich in ihre Tasche, um den Kalender herauszusuchen.

»Ausmisten, warum?«

»Na, du brauchst dringend Platz für was Farbenfrohes. Ich glaube, ein bisschen mehr Rot wäre gut. Wir fangen einfach mit einem roten Pulli an. Dann suchen wir noch einen schönen Rock aus und dann …«

Klingding, die Ladentür wurde aufgerissen.

»Guten Tag, dieses Blubberding im Schaufenster, was kostet das?«, fragte der junge Mann vom Pizzadienst gegenüber.

»Das Wasserspiel? 30 Euro, bei uns ist es nur Dekoration. Das können Sie im Wasserladen in der Clausewitzstraße kaufen.«

»Okay«, sagte der Junge. »Hole ich mir. Klasse Teil für meine Party morgen. Danke!«

Moni sah verwirrt aus. »Was für ein Blubberding?«

»Das Wasserspiel im Schaufenster, das Blaue, siehst du das nicht?«

»Ach das. Seit wann verkaufst du denn Wasserspiele?«

»Mache ich nicht, das ist nur Deko, von Herrn Sigmund aus dem Wasserladen. Immerhin bewegt sich jetzt was im Schaufenster. Du glaubst nicht, wie viele Leute plötzlich stehen bleiben und sich das Schaufenster in Ruhe anschauen.«

Moni brummte irgendetwas Unverständliches. Der Wasserladen kostete ihren Eso-Shop weitere Kunden und war demnach bei ihr nicht sehr beliebt.

»Und dann?«

»Was dann?«

»Wie sah er denn nun aus?«

»Na ja, ich hätte in Physik besser aufpassen sollen. Denn so wie ich den Westernhelden im Spiegel sehen und beobachten konnte, so sah der logischerweise auch mich! Allerdings aus einer weitaus günstigeren Perspektive. Er sah nämlich mein Gesicht! Und das hatte Glotzaugen, nehme ich an. Auf einmal war er verschwunden. Ich dachte schon, das war's. Doch plötzlich sprach mich jemand von hinten an. *Entschuldigen Sie, sind Sie aus dieser Stadt?*, hörte ich hinter meinem Barhocker. Er meinte wirklich mich, der Typ.«

»Warum denn nicht?«, sagte Moni. »Siehst doch für dein Alter klasse aus. Bist halt ein bisschen ... still, vielleicht, manchmal.« Ich und still? Immerhin hatte sie nicht *lethargisch* gesagt, die Spezialität von Mopsi.

»Du hättest den mal sehen sollen. Der war so ein Männertyp zwischen Alain Delon und Pierre Brice. Sah wirklich appetitlich aus. Und dass der mich ansprach ...«, sagte ich schon wieder ganz versonnen.

»Du hattest wirklich noch dein Dusseliges-Kuh-Syndrom, wie du das immer nennst. Null Selbstwahrnehmung. Und dann?«

Was ihre Fragen betraf, war Moni doch sehr einfach gestrickt.

»Wir haben was zusammen getrunken und sind dann noch in ein Weinlokal gegangen.«

»Und habt noch was getrunken?«

»Ja, und er wollte natürlich ...«

»Gleich am ersten Abend?«

»Ja, aber ich ...«

»Du brauchst Zeit, habe ich schon verstanden«, sagte Moni und aß noch einen Cantuccino. »Gute Ware«, murmelte sie und zeigte auf die gefüllte Keksschale.

»Haste ihn trotzdem wieder gesehen?«

»Am darauf folgenden Wochenende trafen wir uns wieder. Und da sah er schon gar nicht mehr so gut aus. Er war schon zweimal verheiratet gewesen, hatte zwei Töchter und war seit fast drei Jahren krankgeschrieben wegen eines Bandscheibenvorfalls.«

»Waaaaas? Das alles auf einmal?« Moni schüttelte sich. »Klingt nicht nach Happy End.«

»Eben, und er war an unserem Kennenlern-Abend einfach auf Jagd. Sonst nichts. Er machte einen auf smarten Immobilienmakler und versuchte die nächstbeste Frauenbekanntschaft am ersten Abend ins Bett zu kriegen. Ich fragte mich damals noch, wie er sich den schönen Mantel überhaupt hatte leisten können.«

»Und wie? Haste nachgehakt?«

»Indirekt. Wann er denn wieder gesund sein würde und wieder arbeiten wolle, habe ich gefragt.«

»Und was war die Antwort?«

»Gar nicht mehr.«

»Waaaaas?«, sagte Moni entrüstet, und in ihrem offenen Mund sah ich die aufgeweichten Kekskrümel.

»Der war damals Anfang Vierzig und wollte nie mehr arbeiten. Kannst du dir das vorstellen?«

Moni schüttelte den Kopf.

»Das war wirklich ein Tag der Desillusionierung, kannst du mir glauben. Dass man ohne einen Job auch leben konnte, das war für mich Anfang der neunziger Jahre völlig undenkbar. Erinnere dich doch mal, damals war der Stellenteil der FAZ so dick wie ein Buch von Konsalik! Und jetzt halte dich fest, was der geantwortet hat, als ich ihn fragte, wovon er leben wollte! *Das geht schon ... irgendwie,* sagte der. *Manchmal spiele ich auch Karten und dann gewinne ich etwas.*«

»Illegales Glücksspiel!«, rief Moni. »Vermutlich trieb der sich in irgendwelchen Spelunken herum! Vielleicht sogar noch Fußballwetten wie bei uns in Berlin?«

»Alles möglich. Ich in meiner Naivität war aber ganz schön geschockt«, sagte ich.

»Bist nicht mehr naiv. Berlin hat dir gut getan. Und dann?«

»Mir war elend. Er war ein Lügner, ein Hochstapler, statt eines Immobilienmaklers. Immerhin sagte er später die Wahrheit. Ich zahlte, stand auf, und da fragte er mich doch glatt, ob ich ihn noch ein Stück mit dem Auto mitnehmen könnte.«

»Wieso? Kannte der keine S-Bahn?«

»Der hatte kein Geld, kein Auto und gerade keinen Führerschein mehr, weil er betrunken von der Polizei angehalten worden war. Ich sage dir, ich hatte ein Glück, dass ich mich am ersten Abend in meiner berechtigten Feierlaune nicht total verknallt hatte und immer ...«

»... so viel Zeit brauche«, ergänzte Moni. »Alles klar. Ein klassischer Aufreißer. Hast du den noch mal wieder gesehen?«

»Einmal zufällig im Sommer. Da saß ich mit meinen Freundinnen gerade vor der Orangerie in der Sonne. Zumindest erkannte ich sein Gesicht, der Rest war eine mir unbekannte, aber als bittere optische Enttäuschung zu identifizierende Gestalt. Aus dem smarten Alain-Delon-Verschnitt war ein dickbäuchiger Typ mit dünnen Weberknechtbeinen geworden.«

»Weberknecht?«

»Mit dieser biologisch vielleicht unkorrekten Bezeichnung benennen wir diese seltsamen Sommervielfüßler, die an warmen Hauswänden herumsitzen und einen ganz winzigen Körper gegenüber überdimensionierten Beinen besitzen. Kennst du die nicht?«

»Aus dem Bootshaus«, sagte Moni. »Die sind eklig. Wenn man die totschlägt, wackeln die Beine noch weiter. Igitt.«

»Das sind sie. Aber harmlos sind sie. Die ernähren sich von Tau und stechen auch nicht. Dieser Weberknecht Alain auf dem Fahrrad hingegen hatte einen anderen Appetit und stierte mit hungrigem Blick nach den Frauen in den engen Sommerpullis. Das war überdeutlich zu erkennen! Sein Haar war nicht mehr schwarz, sondern komplett grau geworden, da half auch kein nachfärbendes, renaturierendes Shampoo mehr. Und er trug nicht etwa ein pfiffiges T-Shirt zum Biken, sondern, halte dich fest, ein Feinrippunterhemd! Ein Feinrippunterhemd in der Öffentlichkeit auf dem Fahrrad in der Orangerie vor dreihundert fröhlichen Sommergästen!«

»Abartig!«

»Und plötzlich erkannte er mich, steuerte auf uns zu und fuhr ganz nah an unserem Tisch vorbei. Der wird mich doch hoffentlich nicht ansprechen?, habe ich noch gedacht. Doch in dem Moment kam Maren zu uns an den Tisch, die wieder einmal den Bus verpasst hatte, und ich ging in Marens Lockenpracht und einer absichtlich in die Länge gezogenen Begrüßungszeremonie im wahrsten Sinne des Wortes unter.«

Moni schaute mich ratlos an.

»Ich habe im Moment weder Lust noch Zeit, eine solche Erfahrung noch einmal zu machen. Verstehst du?«

Sie nickte.

»Vielleicht solltest du trotzdem die Vergangenheit langsam ruhen lassen und einfach offen sein für was Neues. Sind doch nicht alle so verschroben, die Kerle.«

»Das Interesse kommt von alleine«, erwiderte ich. Bloß keinen Stress. Ich war noch keine vierzig Jahre alt und hatte auch definitiv keine Torschlusspanik, wie es uns die Sexualforscher in ihren Studien immer andichten wollten. Und auch die biologische Uhr war bei mir kaputt: Kinder waren mir bei anderen Eltern immer am liebsten, ich selbst war dafür eher weniger zu begeistern. Vielleicht, weil mir dazu der Mann fehlte? Aber der Gedanke hätte zu weit geführt, und über dieses Thema dachte ich schlichtweg nicht gerne nach. Eines war jedenfalls sicher: Ich würde die biologische Uhr nicht reparieren.

Klingding, die geliebte Türglocke unterbrach uns. Der Postbote kam.

»Hallo, Conrad, holst du heute die Post?«

Mopsi erhob sich flink von seinem Kissen und flitzte dem Postboten entgegen. Ein Einsatz! Da war er schnell! Er machte sein Mäulchen auf und der Briefträger steckte ihm einen Brief hinein. Wenn es nur einen Brief gab, dann ging das, mehr hätte auch Mopsi überfordert. Maulsperre nannte sich das.

»Die Telefonrechnung, wie schön, Conrad. Lege sie ruhig in die Espressoküche.« Er hätte auch für eine

Wurfreklame ein Lob bekommen. Einsatz ist Einsatz. Mopsi Conrad lief gleichmütig in die Espressoküche und legte den Brief neben die Restmülltonne. Sein Stammplatz für Dinge, die er nicht mehr für wichtig hielt. Dann kam er wieder zu uns und holte sich einen Cantuccino, den er auf sein Kissen trug und eine halbe Stunde lang daran herumlutschte, weil er ihm zu hart war.

Moni und ich schrieben unsere Etiketten für die Einladungskarten fertig. Wortlos lauschten wir der Musik im Laden, die aus den kleinen Boxen kam. Frauen liebten kleine Boxen, stand mal in einem Hifi-Magazin. Sie sollte möglichst nicht zu sehen sein. Männer hingegen bauten mitten im schönsten Zimmer mit Meerblick ihre Dolby Surround-Anlage auf. Meine Musik kam aus kleinen Bose-Boxen hinter den Regalen, und Moni und ich hingen im Jazz-Takt von »Baby Mammoth« unseren Gedanken nach.

Tja, die Männer, was wollte ich schon mit denen?

Natürlich wünschte ich mir einen Mann, der mich liebte, den ich liebte, der mich nicht anlog, den ich nicht anlog. Aber das würde ich jetzt nicht Moni erzählen. Außerdem waren die schwer zu finden. Und große Kompromisse machte ich keine mehr. Dafür war mein Leben zu kurz. Wie bei der Musikauswahl im Radio wurde ich unbarmherzig. »Mein Leben ist zu kurz für schlechte Musik«, murmelte ich oft und drückte ungerührt an den Tasten, bis mir angenehme Rhythmen aus den Lautsprechern entgegentönten. Das Leben konnte schön sein. Und das ließ ich mir nicht von einem verlogenen Ehemann oder einem nervigen, unehrlichen Lebensabschnittsgefährten vermiesen. Was nicht hieß, dass ich bis ans Ende meiner Lebtage gar keinen mehr wollte. Aber ich suchte einen Lebenspartner unter ehrlichen Prämissen. Bis es so weit war, fehlte mir definitiv nichts.

Unvergessen blieben mir zwei Fotos aus dem Magazin »*Bunte*«. Das Foto von Uschi Glas mit von Tränen geröteten Augen und das zweite Foto von ihrem Exmann Bernd Tewaag mit dessen neuer Freundin.

»Uschi!«, hätte ich beim Anblick des Konterfeis ihres Ex am liebsten laut gerufen, »Uschi, worin besteht der Verlust?« Ich würde ihr diese Frage vermutlich weder laut noch leise jemals stellen dürfen.

Stattdessen konnte ich inzwischen eine ganze Liste der Dinge aufzählen, die ich ohne Mann besser machen konnte (Liste A). Und hatte in Gedanken eine zweite Liste (B) an Dingen zusammengestellt, die ein Mann gerade noch bewerkstelligen könnte, die aber gegen ein geringes Entgeld, auch ein beflissener Dienstleister perfekt und mit Garantiebescheinigung(!) erledigen konnte. Den fand man im Branchentelefonbuch oder über eine gute Empfehlung, würde Moni pragmatisch ergänzen. Ich litt keinen Mangel.

A. Liste der Dinge, die ich ohne Mann besser konnte

- ein gutes Buch lesen
- ein schlechtes Buch lesen
- über Asterix und Obelix lachen
- eine Dissertation schreiben
- mit einer Freundin zum Abendessen gehen
- rückwärts einparken
- mein Auto durch den TÜV bringen
- einen ausgedehnten Stadtbummel machen
- einen Latte Macchiato im Straßencafé trinken und Leute beobachten
- im Solarium liegen

- Lotto spielen
- eine Blume einpflanzen
- ein Passepartout ausschneiden und ein Bild einrahmen
- ein Bild malen
- mich in der Weinhandlung von Nicolas beraten lassen
- ein Weinregal von Ikea zusammenschrauben
- auf dem Antikmarkt stöbern
- einen Drucker an den PC anschließen
- abwaschen
- Pudding essen
- ausschlafen
- in der Badewanne im Schaumbad herumliegen
- eine Erkältung oder Grippe auskurieren
- einen ausgedehnten Strandspaziergang unternehmen
- gebratene Kutterscholle essen
- angeln
- das ISDN-Telefon programmieren
- eine Gebrauchsanweisung bis zum Ende durchlesen
- eine Schönheitsmaske auflegen
- Modeschauen im TV ansehen
- eine Frisur aussuchen, die mir(!) gefällt
- ferrariroten Nagellack probieren
- einen eigenen Kleidungsstil zelebrieren
- durch den Zoo schlendern
- Schuhe sortieren, liebevoll in Kartons verpacken und diese beschriften
- meine Bibliothek so ordnen, dass ich die Bücher wiederfand
- Feng-Shui-Regeln anwenden
- telefonieren
- reiten

- einen Vortrag vorbereiten
- einen fremden Hund streicheln
- den Hundebesitzer anlächeln
- Zug fahren und im Bordrestaurant essen
- Kuchen und Kekse backen
- die Briefmarkensammlung durcheinander bringen und bei E-Bay verhökern
- stundenlang nach Sonnenbrillen bei E-Bay fahnden
- den Fernseher verschenken
- Ostereier auspusten und färben
- den Weihnachtsbaum mit Kugeln aus Lauscha schmücken
- puzzeln
- auf dem Balkon die Sonntagszeitung lesen
- ein Lied summen
- ein Lied pfeifen
- oder schlimmstenfalls: ein Lied singen
- eine neue Wohnung suchen
- eine neue Wohnung stilvoll einrichten
- in einer aufgeräumten, sauberen, schicken Wohnung leben
- einen Laden eröffnen und im Handelsregister anmelden
- Kuchen in der Konditorei aussuchen (Er: »Muss es wirklich Nougat-Trüffel sein?« Sie: »Ja, es muss Nougat-Trüffel sein!«)

B. Liste der Dinge, die ein Mann konnte, aber ein Dienstleister besser machte

- eine Lampe aufhängen und installieren
- das Auto reparieren
- das Auto waschen
- Winterreifen montieren
- die Obstbäume ausschneiden
- Wasser- und Stromleitungen verlegen

- ein Bild aufhängen
- den Laptop fragmentieren
- tapezieren, malern, Fliesen und Parkett verlegen
- 2,20 m hohe Fenster putzen

Sorry, es war eine kurze Liste. Aber mehr war eben nicht ...

C. Liste der Dinge, die sowohl mancher Mann konnte als auch ein Dienstleister

- kochen

Gelang bei beiden nicht immer.

»Sortierst du wieder deine Listen? Wenn du so still bist, dann gehst du die doch wieder durch.«

»Ja, das trainiert das Gedächtnis, wie bei diesem Kinderspiel, wie hieß das noch?«

»Ich packe meinen Koffer und ich nehme mit ... Oder so ähnlich, und dann kommt die Aufzählung.«

Die Einladungskarten waren fertig geschrieben.

»Machen wir Mittagspause?«

»Die haben wir uns verdient!« Wir packten alle Karten in eine große gelbe Plastikkiste von der Post, ich drehte das Pappschild an der Tür auf »Mittagspause« um, das keine genauen zeitlichen Angaben machte, und schloss den Laden ab. Wir gingen zu dritt zum Italiener. Mopsi hatte sein neues rotes Halsband um und trottete hinter uns her. Für heute hatten wir schon viel geschafft.

Im Hausflur traf ich den neuen Nachbarn. Sigi Wagner, den Halteverbotsschild-Verursacher. Genauer gesagt hatte ich den Eindruck, dass er seine Wohnungstür öffnete, als er meine hörte.

»Ich wollte mich noch bedanken für den schönen Abend mit der Pizza. Das war sehr nett. Es war ja mein erster Abend in dieser Stadt. Und ich hatte noch keinen Herd.«

Er hatte ein echtes Herdproblem. Psychologen wie er würden das wahrscheinlich als ein unbewusstes Bedürfnis nach häuslicher, vielleicht gar mütterlicher Nähe interpretieren. Ich konnte sehr gut ohne Herd leben. Das heißt ohne Backofen. Darin hortete ich die Tetrapacks mit dem Apfel- und Orangensaft sowie im oberen Fach die Halloween-Lampions, die sonst zu leicht einstauben würden. Ich hatte mir oft überlegt, was wohl passieren würde, wenn mal ein Mann bei mir übernachtete und im Liebesüberschwang morgens Brötchen aufbacken wollte. Diese von Knackundback oder so. Das würde natürlich nie passieren, weil erstens kein Mann bei mir übernachtete und ich zweitens keine Brötchen von Knackundback kaufte. Aber es war ja auch nur eine Hypothese.

»Ich habe schon mal den Backofen vorgewärmt«, würde ich ihn im Halbschlaf aus der Küche sagen hören. Dann verschwände er unter der Dusche. Ich würde blitzschnell hellwach, die Bettdecke fiele zu Boden, ich würde losstürmen, doch bevor ich den Backofen erreichen könnte ... Knall-Wumm, würden die Safttüten platzen. Kein romantischer, erster gemeinsamer Frühstücksmorgen. Dann hätte ich mehr als ein Herdproblem.

»Ich würde dich gerne einladen zu einem Willkommens-Abendessen. Es ist zwar noch nicht alles ausgepackt, aber bis dahin dürfte es einigermaßen bewohnbar sein. Wie wäre es am übernächsten Samstag?«, fragte er.

»Ich weiß noch nicht genau«, sagte ich. Das war mir jetzt doch ein bisschen schnell zu vertraulich. »Ich glaube, an dem Samstag feiert meine Freundin ihren Geburtstag nach.« Das war glatt gelogen, aber ich brauchte Bedenkzeit.

»Du könntest sie auch mitbringen, falls sie doch nicht selbst feiert.«

Was hieß hier, *doch nicht selbst feiert*? Hatte er meine Notlüge durchschaut?

»Wir werden etwa fünfzig Leute sein, da freuen wir uns über jedes neue Gesicht.«

»Ach so«, sagte ich erleichtert. Fünfzig Leute, das klang schon besser. Ich hatte mich in meiner Vorstellung bereits alleine im schwarzen, rückenfreien Satin-Abendkleid an einem mit prunkvollen Kandelabern beleuchteten Esstisch zwischen den Umzugskisten sitzen sehen, während in seinem geliebten Herd ein Coq au vin garte und ein Souflee vor sich hinpuffte. Aber fünfzig neue Bekannte, das klang doch gut. Ich würde auf jeden Fall Moni mitnehmen. Und vielleicht Herrn Kaloke. Der sollte auch mal wieder unter Menschen. Noch dazu war er ja auch ein neuer Nachbar.

Ich lag in der von mir geliebten Badewanne im Honigbad und schob die Quietscheente mit den Zehenspitzen durch den Schaumberg. Am Telefon erzählte ich Moni von unserer Einladung. Mopsi lag auf der Holzbadematte, die er liebte, und zog die Sisalfäden zwischen den Bambusstäben heraus. Wenn er so weitermachte, würde ich eines Tages auf den gelösten Bambusstöckchen ausrutschen wie auf Murmeln, mir den Kopf aufschlagen und erst nach drei Tagen gefunden werden. Aber ich konnte Mopsi einfach nicht davon abhalten. Heute schon gar nicht. Da gab es andere Prioritäten.

»Ich habe nichts anzuziehen«, jammerte ich

Ausgerechnet der blödeste, klischeehafteste Satz, den man als Frau sagen konnte.

»Kein Problem«, sagte Moni. »Ich komme am nächsten Wochenende vorbei, und dann suchen wir den Schrank zusammen durch. Du wolltest doch sowieso ausmisten.«

Gut, in meinem Leben sollte ich mich wirklich mal von einigen Dingen trennen. Aber im Kleiderschrank? Meine zahlreichen Umzüge hatte ich dafür gut genutzt. Spätestens gleich danach war ich alle Dinge losgeworden, die mich an Exfreunde oder unschöne Geschichten erinnerten. Wovon sich wohl mein neuer Nachbar vor seinem Umzug so alles getrennt hatte?

Mein Opa war ein Zeppeliner

Am nächsten Tag saß ich nachdenklich über meinen Laptop gebeugt im Laden und wollte gerade an einem zweiten Psychotest schnitzen. Diesmal zum Thema »Lebensplanung und Fun – ohne Mann«.

Klingding, die Ladentür ging auf.

Herr Kaloke kam herein. Mopsi sprang ihm entgegen. »Ich wollte den Kleinen abholen zum Spaziergang. Heute steht der Wannsee an. Ist es recht?«

»Und wie, er freut sich riesig. Nehmen Sie ihn ruhig mit.«

»Zu Hause ist es zu laut, der neue Nachbar baut Regale auf oder ich weiß nicht was. So ein Lärm vom Bohren. Und dauernd fällt ihm anscheinend was um. Ich weiß auch nicht. Wie das poltert. Da gehe ich lieber an die frische Luft und komme heute Abend zurück, wenn er sich ausgetobt hat.«

Mein neuer Nachbar baute auf? Ob er wohl Hilfe brauchte?

Konnte sich ja melden, wenn es so war, sagte eine zweite Stimme.

Aber vielleicht traute er sich nicht, mich zu fragen?

Dräng dich nicht auf, war die Antwort.

Und dabei blieb es erst einmal.

Ich sah Mopsi und Herrn Kaloke nach, wie sie einträchtig nebeneinander zur Bushaltestelle trotteten und in den Hunderter-Bus stiegen. Conrad Mopsi guckte aus den schmutzigen Busfenstern zu mir herüber und schien zu lächeln und Herr Kaloke nickte fröhlich. Sie passten schon gut zueinander, die zwei. Und trotzdem würde ich meinen Mopsi nie mehr hergeben. Selbst wenn Mr. Right eine Hundehaarallergie hätte.

Klingding, wieder die Glocke an der Ladentür.

»Feierabend«, rief Moni. »Feierabend für heute. Es ist schon 16.00 Uhr.«

»Noch nicht ganz«, sagte ich. »Ich werde noch ein wenig bleiben, weil wir heute Morgen später aufgemacht haben. Und heute ist langer Samstag. Den sollte ich auch nutzen.«

»Ich habe dir ein Buch mitgebracht: Warum Männer und Frauen nicht mehr zueinander finden. Lust auf einen Latte Macchiato? Den hole ich vom Italiener gegenüber, und dann erzähle ich dir alles über das Buch.«

Husch, schon war Moni wieder draußen. In ihrer Spontaneität hatte sie sich etwas bewahrt aus der Zeit, als wir noch mit unseren schrottreifen Käfern bis zum Gardasee gefahren waren. Und weil das Geld irgendwie immer knapp war, auf halber Strecke im Auto übernachtet hatten. Auf der Rückbank zwischen den Konservendosen, denn die mussten auch mit. Genauso wie der kleine blaue Campingkocher und das Zweimannzelt. Wellness-Urlaube und Spa-Aufenthalte gab es damals noch nicht. Ich glaube, sie waren noch nicht einmal erfunden.

Während ich so über das Älterwerden und die stetig ansteigenden Lebensansprüche nachsann, kam ein älteres Ehepaar ins Geschäft. Die kleine Moccatasse mit dem goldenen Zeppelin-Schriftzug hatte es ihnen angetan.

»Ja«, sagte ich, »die gehörte zum Zeppelin-Geschirr.« Und ich suchte mein Buch über Luftschiffe heraus, schlug es auf und deutete auf den prachtvoll gedeckten Tisch in der Kabine des Zeppelins. Mit Tischdecke, Kristallgläsern, Suppenterrine und Silberbesteck. So ähnlich wie der gedeckte Tisch, den ich mir in Gedanken für das Abendessen bei meinem neuen Nachbarn ausgemalt hatte. Nicht zu vergleichen mit dem heutigen Snack im Flugzeug mit Plastikbesteck und Tabletts mit Essmulden.

»Das waren noch Reisen«, sagte ich. »Davon hat mein Uropa oft geschwärmt.« Und ich berichtete von meinem Urgroßvater mit dem gezwirbelten Bart und seiner Zeppelin-Sammlung. Und dem Buch mit den eingeklebten Zigarettenbildchen.

»Haben Sie das noch?«, fragte der Herr interessiert.

»Ja, das ist aber nicht hier im Laden, das habe ich zu Hause.«

»Verkaufen Sie es?«

»Ich weiß es noch nicht. Vielleicht geben Sie mir Ihre Telefonnummer? Dann überlege ich es mir. Es ist ein Erbstück wie dieses hier«, und ich zog eine Schublade des schwarzen Lackbuffets auf.

»Ich habe noch ein Originalhandtuch von Bord des Zeppelins. Unbenutzt.« Von Opa, wem sonst. Und das Ehepaar kaufte die Zeppelin-Moccatasse mit dem Goldrand und das große weiße Handtuch mit dem markanten eingewebten »Z«. Und ich stellte ihnen gewissenhaft eine Quittung aus, damit sie sich immer auf mich berufen konnten, wenn ihnen jemand nicht glauben sollte, dass es Originale waren. Und der Mann versprach, sich in zwei Wochen bei mir telefonisch zu melden, ob ich das Buch mit den Zigarettenbildchen verkaufen würde.

Der Monat war nun finanziell gerettet und ich überlegte, in welchem Karton ich die Suppenterrine aus dem Zeppelin abgestellt hatte. Die mit dem Goldrand, von der auch ein Exemplar auf dem Foto im Buch zu sehen war.

Klingding, Moni balancierte zwei Latte Macchiato durch die Ladentür. Es war gefährlich eng, das Tablett begann zu wackeln. Ich lief ihr entgegen. Noch im Gehen fragte sie: »Was ist mit dem Fest? Klappt das mit dem Zelt?« Gottlob hatte sie das Thema gewechselt und nicht mehr von ihrem Single-Buch angefangen. Ich hasste Bücher für Singles, die einem letztendlich doch immer nur den gut gemeinten Rat gaben, dass das Single-Dasein nur als Übergangsphase zu verstehen war, die frau genießen sollte, bis die allumfassende Liebe wieder die Oberhand gewinnen würde. Huuups, diese Erkenntnis sollte ich im Kopf behalten! Dann durfte mein Ratgeber keinesfalls ein typisches Single-Buch werden, dachte ich.

Natürlich glaubte auch ich an die große Liebe. An etwas Immerwährendes, das aus einem Augenblick geboren wurde und für immer wärmte. Das alle Hindernisse und Widrigkeiten aushielt. Wie bei Camilla und Charles oder so. Das sich nicht beirren ließ und auch mal schwierige Zeiten überstand. Und hoffte und überdauerte wie Klettensamen im Sand.

Es gab demnach einen Zwiespalt zu überbrücken zwischen mir und meinen persönlichen Empfindungen (Es gibt sie doch, die große Liebe!) und dem Thema des Buches (Lieber keinen Mann, als einen Lügner!). Aber für geprüfte Journalisten und Nachwuchsautoren sollte das eigentlich kein Problem sein. Dachte ich.

Klingding, ein junges Mädchen in gebleichten Jeans kam herein, das trotz des Aprilwetters nur eine knappe helle Jacke über dem bauchfreien Top trug.

»Dieses blaue Ding, kann ich das bei Ihnen kaufen? Das ist spacig.«

»Nein, aber im Wasserladen in der Clausewitzstraße, da gibt es die.«

Das Mädchen bedankte sich und ging wieder. Mir war es entsetzlich peinlich, dass ausgerechnet Moni das wieder mitbekommen hatte. Prompt kam ihre Nachfrage: »Haben schon viele danach gefragt?«

»Eigentlich nicht, aber wir hätten schon welche verkaufen können, wenn wir welche gehabt hätten.«

»Gut, wenn noch mal jemand fragt, dann gehen wir zu Herrn Sigmund, der muss dich am Umsatz beteiligen. Oder wir machen für ihn Werbung mit einem Schildchen. Schließlich hast du hier eine bessere Lage als er.«

»Ach, Moni, der hat es finanziell auch nicht so dicke.«

»Dann stell doch mal ein orangefarbenes Salzsteinlicht auf«, sagte sie. »Das wirkt positiv auf dein Klima hier und fällt optisch auch sehr auf. Ein echter Eyecatcher. Ich beteilige dich auch am Gewinn.« Sie meinte das nicht wirklich. Oder doch?

Klingding, Mica Donate stand im Laden.

»Hallo, meine Süßen«, flötete er und griff sich wie immer den türkisfarbenen Glasaschenbecher aus dem Schaufenster.

»Es klappt mit dem Zelt. Ich habe ein Foto mitgebracht.«

Es war kein gewöhnliches 08/15-Zelt aus einer Plane, sondern die dicken Seitenwände waren aufblasbar, sodass wir keine Stangen oder Ähnliches brauchen würden. Mit einer hohen, leicht abgerundeten Spitze in der Mitte, die dem Zelt eine asiatische Anmutung gab.

»Wie ein Tempelchen«, rief Moni begeistert. »Das passt doch. In der Epoche des Art déco, da liebte man das Asiatische sehr.« Und sie hob beide Hände weit über den Kopf und wiegte sich wie eine Tempeltänzerin.

»Und einen roten Teppich bekommen wir auch. Wird geliefert, ausgerollt, am nächsten Tag von uns abgesaugt und wieder abgeholt. Fertig. Fast keine Arbeit.«

»Ich hätte auch nicht gewusst, wie ich eine acht Meter lange und zwei Meter breite Teppichwurst transportieren sollte. Vom Gewicht will ich gar nicht reden.«

»Darum machen das ja die anderen«, sagte Donate zufrieden und setzte sich in den Sessel. »Wo ist Mopsi? Ist ja so still bei euch.«

»Fehlt dir sein Schnarchen?«

»Weniger. Eher die Begrüßung.«

»Ach so. Wir waren wohl nicht euphorisch genug. Ich glaube, wir sollten auf den Erfolg mit dem Zelt den Feierabend einläuten und einen kleinen Sekt trinken.«

Ich zwinkerte Moni zu, sie verstand und nahm die Sektflöten aus dem Regal. So ein Laden war praktisch. Beinahe alles war immer vorrätig.

»Auf die gute Nachricht«, wir stießen an.

»Und die Kosten werden doch überschaubar bleiben?«

»Mit Teppich alles in allem 5.000 Euro.«

Wir ließen die Gläser sinken.

»Echt kein Preis, kostet sonst das Doppelte«, versuchte Donate zu beschwichtigen.

»Ich werde einen Sponsor suchen«, sagte ich, um die Stille zu durchbrechen. »Ich habe mal gesehen, dass man diese Zelte außen als Werbefläche nutzen kann. Ich suche mir jemanden, der diese Werbung am Kurfürstendamm für einen Tag zu schätzen weiß.«

Toll an Freunden ist, dass sie einen auch in den ausweglosesten Situationen nicht entmutigen. Statt mir einen Vogel zu zeigen und das Vorhaben für verrückt zu erklären, stießen wir erneut an.

»Das schaffen wir«, sagte Moni.

Nie aufgeben!

Es gestaltete sich als äußerst schwierig, einen Sponsor für dieses Zelt zum Jubiläum zu finden. Ich hatte die Firma von Herrn Tschiselinsky für Fassadenreklame ausfindig gemacht. Er verfolgte ein einfaches wie wirkungsvolles Konzept. An Großbaustellen nutzte er die verhängte Fassadenfläche zum Anbringen gigantischer Werbeplakate. Sony, Nokia und Samsung waren seine Kunden. Gut, ich dachte nicht an diese Namen beim Sponsoring meines kleinen Events. Aber vielleicht konnte er mir auch einen weniger gigantischen Werbekunden nennen wie zum Beispiel die Deutsche Oper oder so.

»Die vertrete ich nicht. Nur große Firmen ab einem Auftragsvolumen von 200.000 Euro pro Woche«, sagte Herr Tschiselinsky gelangweilt und legte auf. So einen Auftrag hatte ich definitiv nicht zu bieten.

Aber wie das im Leben manchmal so war, half schon das Handeln an sich und setzte die Dinge in Bewegung. Man musste sich nur überhaupt auf den Weg begeben. Dann ergab sich eine Lösung. Und die kam ausgerechnet durch die Ladentür. Klingding, Herr Sigmund war gekommen.

Er brachte mir einen Strauß weißer Tulpen mit und ein neues Wasserbuch.

»Ich möchte mich bedanken. Seit Sie das Wasserspiel in Ihrer kleinen Art-déco-Galerie aufgestellt haben, seitdem ist bei mir was los.« Dafür, dass er meinen Laden eine Galerie nannte, hatte er augenblicklich was gut bei mir.

»Beinahe jeden Tag kommen Leute, die ich zuvor noch nie als Kunden gesehen habe, und fragen nach diesem Wasserspiel. Ich habe sie bereits alle verkauft und habe neue bestellt. Und nicht nur das. Sie interessieren sich dann auch für die Wasserfilter und die Postkarten. Einfach für alles.«

Herr Sigmund war begeistert.

Ich machte uns zwei Cappuccini mit perfektem Milchschaum, die wir mit Blick auf das Schaufenster im Stehen tranken.

»Und den Auftrag von der Brauerei habe ich gestern auch bekommen. Das Jahr werden wir überstehen«, sagte er fröhlich.

»Welche Brauerei ist es denn?«

»Die Klosterbrauerei in Altzelle.«

»Die hat ausgesprochen gutes Schwarzbier«, sagte ich anerkennend.

»Die kennen Sie?«

»Aber natürlich. Auch das Badebier mit extra viel Hefe. Ist prima für die Haut.« Ich strich mir gestenreich über den Unterarm, denn auch im Winter und der so genannten Übergangszeit pflegte ich kurzärmelige Pullis zu tragen. Allerdings mit Rollkragen. Da ging nichts ohne das Badebier. Mit entspannenden und pflegenden Badezusätzen kannte ich mich aus. Mein Badezimmerregal war ein Eldorado für jeden Wellness-Freak. Ölperlen aus dem Body Shop, Moschusseifen, große Sprudelperlen von Lush, Rosmarintabletten, Badekonfetti, Kleopatra-Milch, Bananenschaumbad, Rosenöl – für jede Stimmung hatte ich die passende Badeessenz. Nichts entspannte mich abends so sehr wie ein langes Wannenbad und eine Tasse Tee (manchmal ein Silverneedle) mit

Honig bei Kerzenlicht. Mein Tag-lass-von-mir-ab-Ritual.

»Sagen Sie mal. Der Brauereichef macht doch immer sehr ungewöhnliche Werbung. Ich habe am 1. August ein, tja, Galeriejubiläum zu feiern«, hörte ich mich sagen. Galerie klang einfach elitär. Danke, Herr Sigmund!

»Und ich suche noch einen Sponsor, der sich – also sein Logo – auf das Zelt projizieren lassen möchte. Aufmerksamkeit wird ihm hier gewiss sein auf dem Kurfürstendamm.«

»Ist es teuer?«

»Gar nicht«, sagte ich, »etwa 6.500 Euro, mehr nicht.«

»Das werde ich noch heute ansprechen. Wir könnten es gemeinsam gestalten. Der Wasserladen mit der Brauerei. Wasser ist doch für uns alle das Lebenselixier, der Grundstoff. Ob im Bier oder in meinen Filtern und Anlagen. Wir könnten es künstlerisch interpretieren. Vielleicht genau mit solchen Sauerstoffblasen.« Er zeigte auf das Wasserspiel. »Die haben uns doch Glück gebracht. Und Umsatz!«

»Und wenn er möchte, könnte er auch an dem Abend Bier zapfen lassen. Für Wein und so ist gesorgt. Aber ein gutes Bier wäre vielleicht auch nicht schlecht.«

Herr Sigmund war begeistert. Und schon am Nachmittag rief er mich an. Sein Verkaufsschlager hatte ihn seine ganze Zerstreutheit vergessen lassen. Er war aktiv und richtig bei der Sache. Vielleicht fehlte ihm einfach nur ein bisschen Stress? Dafür könnten wir schon sorgen. Ich schmunzelte.

»Wir machen das. Und ganz subtil gestaltet, die beiden Logos, also von mir und der Brauerei, die sieht man nur ganz klein am Zeltrand am Eingang oder so. Es sollen wirklich projizierte Wasserblasen werden. Ist doch klasse. Nur das mit dem Bierausschank, das klappt leider nicht.«

Aber das konnte ich verschmerzen. Ich bedankte mich für seine Zusage und rief gleich Moni an, damit sie uns einen Entwurf zeichnete. Sie war begeistert und machte sich gleich an die Arbeit.

»Und wir haben sogar 1.500 Euro mehr als gedacht. Da ist ein Honorar für dich dabei«, sagte ich, »und sogar noch was für Rodriguez und Donate.« Moni wehrte ab, aber ich wusste, dass ich ihr einen Obolus für ihre Mühe geben würde. Ich könnte es ja als Spritgeld für den alten Hans, ihre Ente, deklarieren.

Es gab nur noch wenige Verkaufsmessen für echte Art déco-Liebhaberstücke, und meine von Opa wurden auch immer weniger. Ich musste also zumindest einmal vor dem Jubiläum nach Paris fliegen. Und Mopsi wieder bei Herrn Kaloke abgeben. Aber drei Tage inklusive Hin- und Rückflug müssten zum Einkauf reichen. Vielleicht könnte ich ihn auch mal mitnehmen? Dann könnten wir länger bleiben und ein Wochenende dazunehmen. Den Laden, oder besser gesagt die Galerie, würde ich wieder Goscha anvertrauen. Sie studierte Kunstgeschichte und war für eine Aushilfstätigkeit immer gerne zu haben.

Wasser und Wind

Pünktlich zum Kleiderschrank-Ausmisten stand Moni um 11.30 Uhr vor meiner Wohnungstür.

»Die alte Kunst des Feng Shui besteht unter anderem darin, Überflüssiges wegzuwerfen. Deine enorme Sammelleidenschaft in Ehren, die hast du bestimmt vom Opa geerbt.«

Ich nickte.

»Aber manche Dinge werden einfach nie mehr gebraucht! Und sie für schlechte Zeiten aufheben, das gilt schon gar nicht. So schlecht können die Zeiten gar nicht werden, dass wir die rosafarbenen Leinenturnschuhe mit Plateausohle und Herzmuster wieder herausholen.« Und sie hielt das Paar mit spitzen Fingern an den Schnürsenkeln hoch.

»Geschweige denn, ausführen. Sie erinnern mich eben an die Tanzstunde.«

»Eine schöne Erinnerung?«

»Nee, eher nicht. Am ersten Abend habe ich nicht gewusst, um was es ging. Ich bin mit bordeauxfarbenen Latzhosen aus Breitcord und weißen dänischen Clogs da aufgetaucht und hatte mir einen klassischen Zopf geflochten. Seitdem hatte ich einen Tanzpartner, der von einem Bauernhof mit 48 Milchkühen stammte. Immerhin hat er mich zum ersten Walzer meines Lebens aufgefordert. Netter Kerl. Hat sogar toleriert, dass ich ihm mit den Clogs auf die Zehen getreten bin.«

Moni schüttelte den Kopf. »Klassischer Fall von Spätzünder.«

Ich war beleidigt. Was konnte ich dafür, dass mir damals keiner erklärt hatte, dass es auf die ersten sieben Sekunden einer Begegnung ankam, ob man beim anderen Geschlecht erfolgreich war oder ein Loser? Okay, ich sah an dem ersten Abend vielleicht nicht aus wie Audrey Hepburn, aber ich hatte ein Herz so groß wie die Maus aus grauem Fleece, die auf meinen Pullover gestickt war.

»Wenn du zu viel altes Zeug sammelst, erzeugst du im Unterbewusstsein den Zwang, den alten Kram eines Tages wieder zu gebrauchen. Und so schlechte Zeiten wünscht sich wirklich niemand. Oder?«

Sie hätte es nicht treffender formulieren können. Nie mehr einen Pullover mit Fleece-Maus!

»Ich dachte, dir gefällt dein Nachbar von nebenan«, sagte sie beschwichtigend. Ich war noch beleidigter.

Sie sah sich den Kleiderschrank an. »Ein klassischer Fünftürer. Dann fangen wir mal an.«

Auf gut fünf Metern Breite fanden sich so manche Fehlkäufe, Ladenhüter, Erinnerungsstücke, die aussahen, als stammten sie aus einem Theaterfundus, und nicht zuletzt Dinge, die man immer schon mal anziehen wollte, aber irgendwie nie dazu kam.

Wir ließen den Kleine-Kur-Tee nach ayurvedischen Kräuterrezepten aus Monis Eso-Shop in unseren Tassen die vorgeschriebenen vier bis sechs Minuten ziehen. Mittlerweile hatten wir uns bequeme Jeans mit hohem Stretchanteil angezogen. In engen Jeans machte das Leben keinen Spaß. Ich hatte welche im Schrank wieder gefunden, die waren aus den Achtzigern oder so. Damals war kein Stretch darin verarbeitet worden. Sie waren hart wie Bretter und außerdem ließen sie sich über meinem Bauch nicht mehr zumachen. Die waren durch die Lagerung eingegangen, ganz klar. An mir konnte das nicht liegen. Und wenn schon? Es gab wichtigere Dinge als eine Jeans aus der Schul- oder Studienzeit, die mir nicht mehr passte.

Ich saß nun vor dem geöffneten Kleiderschrank im Schneidersitz, während Moni ein Teil nach dem anderen herauszog und sich vor den Körper hielt. Manchmal tänzelte sie damit durch den Raum wie ein Flamingo im Zoo. Meistens wollte ich die Sachen behalten. Zum Beispiel den glänzenden Seidenblazer mit den Pucci-Punkten in Gold und den aufgesetzten, ebenso glänzenden eurogroßen Pailletten am linken Ärmel. Fetzig fand ich den. Auch der alte schwarze Lackmantel mit dem roten Karofutter aus London und das lila Kleid mit den vielen Zippern waren einfach zu witzig. Moni hing sie zunächst am Kleiderbügel an die Tür. Das war die Zwischenstufe zwischen »zurück in den Schrank« und »raus in den Flur«. Und auf dem Flur warteten die verstärkten Transporttüten der Umzugsfirma auf ihren Einsatz.

»Drei verrückte Teile darfst du behalten, auch wenn du sie zwei Saisons lang nicht mehr angehabt hast. Alles andere, was seit zwei Jahren ungetragen ist, muss weg«, dozierte Moni. Sie spielte heute die Durchsetzungsstarke.

Außerdem hatte sie mir in unmittelbarer Nachbarschaft zu ihrem Eso-Laden einen Secondhandshop empfohlen und mich bereits bei der Besitzerin angekündigt.

Ich würde mich nie von meinen Sachen trennen, wenn sie achtlos weggeworfen würden. Entweder die Kleidungsstücke kamen in den Sammelcontainer vom Roten Kreuz und jemand hatte noch Freude daran. Oder sie waren verrückt genug, um sie zu behalten. Moni hatte noch eine dritte Lösung parat: Was nicht mehr fein ausgeführt wurde, nur Platz wegnahm, aber irgendwie noch gut war, sollte in den Secondhandladen. Ein bisschen Geld brachte es auch. Dafür gäbe es dann einige neue Schachteln Milchdrops für Mopsi, weil er der Aktion so friedlich beiwohnte, ohne an den Dingen zu zerren oder sich draufzulegen. Was ihm insbesondere bei der rosafarbenen Kaninchenfellstola sehr schwer fiel. Da hätte er gerne ein wenig daran geknabbert und sich dann zum Schlafen darauf eingerollt.

Erstaunliches kam während dieser Aktion vor meiner intimsten Schatzkammer zu Tage. Und das betraf nicht nur den Inhalt des Schrankes.

»Was ist mit dieser Skijacke, die ist ja noch in ihrer Folie eingeschweißt?«, fragte Moni, während sie eine dicke orangefarbene Daunenjacke auf dem Arm hin und her wedelte.

»Ich fahre seit dem Sturz auf der Eispiste nicht mehr Ski. Die leuchtende Skijacke war ein Versuch von Michael, mich wieder zum Skifahren zu bewegen.«

»Aber hast du dich von dem nicht schon vor fünf Jahren getrennt?«

»Stimmt. Aber die Jacke ist geblieben, und zumindest die ist wie neu.«

Wir lachten und hängten die Jacke raus in den Flur. Weg damit.

Michael war damals in der Marketingabteilung eines Baumarktes für Handwerker beschäftigt. Das klang nicht gerade spannend, dafür hatte er fast jeden Tag pünktlich um 17.00 Uhr Feierabend. Er liebte seinen Opel und seinen Käfer, den er nur im Sommer fuhr. Außerdem sammelte er Käfermodelle, allerdings nur in Miniatur, was mir die Geschenkwahl für Weihnachten und Geburtstage sehr erleichterte, denn er freute sich über jedes neue Gefährt. An Lesestoff bevorzugte er die ADAC-Zeitung, deren Stau- und Reisetipps er zur Urlaubsplanung verschlang, sowie eine Motorsport-Zeitschrift, die er fein geordnet und gestapelt im Bettkasten aufbewahrte. Damit waren seine Interessen bereits vollkommen umschrieben.

Jeden Samstagvormittag war Großputz in der Wohnung angesagt, und der Opel wurde jeden Freitagabend durch die Waschanlage gefahren. Richtige Sympathiepunkte konnte ich gewinnen, als ich ein Spezialpflegemittel für die Innenverkleidung des alten Käfers empfahl, das sämtliche über die Jahre angesammelte schwarze Schmierenreste entfernte. Es war zwar nur ein einfaches Scheuermittel von Lidl, aber eine Erwähnung bei seinen Eltern war mir mit diesem Rat gewiss. Dort wurde ich sehr bald vorgestellt und zum Kaffeetrinken eingeladen. Auch dies war kein großer Umstand, da sie in derselben Straße wohnten wie er, er sie dreimal pro Woche besuchte und am Wochenende dort seinen Kaffee mit Kuchen sowie das Abendessen einzunehmen pflegte. Zu einem solchen sonntäglichen Kaffee wurde ich mitgebracht, und ich machte mit einer adretten Schleife im Haar und einem süßen Kostümchen einen gepflegten Eindruck. Der Part als Schwiegertochter verdichtete sich in den darauf folgenden Wochen immer mehr. Zu Weihnachten wurden die ersten praktischen Geschenke für den Hausstand offeriert. Ich bekam einen Spaghettilöffel, Messerbänkchen für die gehobene Tafel und eine Teekanne.

Die Wochenenden mit Michael verliefen immer nach dem gleichen Schema, das ich nur mit Mühe, eigentlich aber gar nicht durchbrechen konnte. Am Samstag wurde eingekauft, geputzt und ein Spaziergang gemacht. Dann war es gottlob schon Abend. In dem kleinen Backofen in seiner Küche wurden zwei Spinatpizzen von Salto aufgebacken, dazu ein kräftiger Landwein in der Literflasche geöffnet. Nach dem opulenten Abendmahl, das oft schon am Couchtisch vor dem Fernseher eingenommen wurde, gab es einen Samstagabendfilm im TV. Dazu wurde der Rest der Weinflasche konsumiert sowie eine große Tüte Ibu-Chips von Aldi. Ich habe mir die Marken ziemlich genau gemerkt, denn wenn ich mal mit dem Einkaufen dran war und etwas anderes einkaufte, musste ich mir gleich anhören, dass der Wein aus dem Weinladen, die Paprikachips von Bahlsen und die Pizza von Iglo zu teuer waren. Dabei verdiente Michael gut, zeitweise sogar mehr als ich in meinem Beruf als Redakteurin. Er sparte eben gerne. Und jede gesparte Mark versetzte ihn in Entzücken.

Wenn auch der letzte Kartoffelchip aus der Tüte gefischt worden war, schlief Michael meist im Sitzen vor dem Fernseher ein, der Kopf sank nach hinten in die schwarze Ledercouch, und er begann zu schnarchen. Er war ganze 38 Jahre alt und benahm sich wie 83.

Am Sonntagvormittag frühstückten wir in seiner kleinen Küche an einem wackeligen Tisch, auf den er eine abwischbare Plastiktischdecke gezogen hatte. Noch während ich den letzten Bissen meines Toasts kaute, räumte er die zwei Marmeladengläser und die Butter weg und fuhrwerkte auf dem Tisch mit einem knarrenden Tischstaubsauger herum, um die soeben produzierten Toastkrümel zu beseitigen. Das brummte und summte und versaute mir jeden Sonntagmorgen. Danach wurde der Tischstaubsauger wieder sorgfältig auf seine Ladestation im Küchenschrank gelegt, um am Montagmorgen die gleichen Dienste zu verrichten. Obwohl dies wie die Teekanne oder die Messerbänkchen ebenfalls ein praktisches Geschenk für mich und meinen Hausstand gewesen wäre, kam es nicht mehr dazu.

Michael hatte den Opel nur aus einem Grund: Auf die Rückbank passte ganz hervorragend ein Kindersitz. Und als seine Eltern zusammen mit ihm nach einem Häuschen in der Nachbarschaft Ausschau hielten, wurde mir etwas blümerant. Bei der Hausbesichtigung wurden bereits die Zimmer verteilt, wir sollten im Dachgeschoss und die Schwiegereltern in spe im Erdgeschoss wohnen. Als ich in dem kleinen Dachzimmer stand, das unser Schlafzimmer werden sollte, bekam ich Beklemmungen und musste schleunigst das Haus verlassen. Ich fand mich im Garten wieder, aber auch hier war die Planung bereits ohne mich abgeschlossen. Der Schwiegervater würde die Hecken ausschneiden, Sohnemann das Gras mähen und Muttern die Blumenbeete versorgen. Ich hatte ja schon genug mit der Wäsche und den Kindern zu tun. Es wurde für mich also höchste Zeit, diese Szenerie zu verlassen.

Tatsache war: Wenn ich Michael geheiratet hätte, dann hätte ich nie bei minus zwanzig Grad in Kanada im hüfthohen Schnee neben einem altersschwachen Jeep gestanden. Und ich wäre nie in Singapur gewesen und hätte im Mondlicht eine rote Krabbe am Hafenkai beobachtet. Bilder und Emotionen, die ich nie vergaß. Mein Leben wäre anders verlaufen, und das wäre für mich nicht gut gewesen. Irgendwann wäre ich ganz sicher ausgebrochen, und das hätte vermutlich noch fatalerer Folgen gehabt als eine Trennung zur rechten Zeit.

»Und diese beiden Röcke hier, die haben ja noch die Preisschilder. In DM!«, rief Moni und riss mich aus meinen Gedanken.

»Meine beiden besten Fehlkäufe. Die sind zu lang und zu weit. Waren aber enorm im Preis reduziert bei einer Ladenauflösung. Und sie sind von ... warte mal ... gleich weiß ich es wieder ...«

»Ach, und nun?« Moni war unbeeindruckt. Vor einem Designerlabel ging sie noch lange nicht in die Knie.

»Ich müsste sie zum Änderungsschneider bringen und kürzen lassen.«

»Plisseeröcke kürzen lassen, weißt du, was das kostet? Dafür kannst du dir einen pfiffigen neuen Rock kaufen, der dir passt. Und nicht so einen Omarock«, fügte sie etwas leiser hinzu.

»Das ist kein Omarock, die werden mit Stiefeln getragen.«

»Schon weg«, sagte Moni, »wie die Skijacke: draußen vor der Tür.«

»Wolfgang Borchert. Der hat das damals in seinem Buch aber anders gemeint.«

»Nicht wirklich«, sagte Moni.

Wir hatten viel Spaß miteinander, aber nach einiger Zeit wurde ich immer stiller.

»Was ist denn mit dir los? Wirst du müde von dieser kleinen Aktion?«

»Es ist schon seltsam. Manche Sachen wecken ein Lebensgefühl, das man damals hatte. Oder erinnern mich an ein bestimmtes Ereignis. Oder manchmal auch an eine besondere Begegnung.«

»Positiv?«

»Eher weniger. Das ist lange vorbei und liegt weit zurück in der Vergangenheit. Und ich möchte das auf keinen Fall wiederhaben. Kennst du das?«

»Sicher. Das ist der Grund, warum Vivienne Westwood manchmal eine Woche lang das gleiche Kleid trägt. Es tut ihr einfach gut. Ist es dann mit dem irren Lebensgefühl nicht mehr so weit her, macht sie sich ein neues. So einfach ist das. Und das alte fliegt raus.«

»Für mich ist das nicht so einfach. Schließlich haben die Dinge einen persönlichen Wert. Man hat sie sich doch zu Eigen gemacht, sie gehören doch zu mir. Zu meiner Person.«

»Alles hat seine Zeit. Das ist eine Binsenweisheit. Aber sie stimmt. Du kannst nicht alles festhalten. Weder Begegnungen noch Dinge. Die beschweren dich nur. Was du im Kopf und im Herzen hast, das sind die wesentlichen Erinnerungen. Alles andere Alte engt dich nur ein. Und wir wollen doch jetzt etwas Neues!«

Ich nickte. Moni hatte die richtige konsequente Einstellung. Ich nahm die drei ausgefallenen Teile vom Türrahmen, die ich nach unserer Aktion behalten durfte, und hängte sie zurück in den Schrank. Mein Goldblazer, der Audrey-Hepburn-Regenmantel und mein Zipperkleid von Claude Montana. Meine Schätze.

»Jetzt bringe ich dich nach Hause, und die ausgemusterten Teile nehmen wir gleich mit. Je länger sie hier hängen, desto eher besteht die Wahrscheinlichkeit, dass ich mir doch wieder was heraussuche und behalte.«

»Wehe, ich kriege das mit«, und Moni hob drohend den Zeigefinger.

Als wir bepackt mit Tüten und Pappkartons zum Fahrstuhl gingen, öffnete sich vor uns die Fahrstuhltür und Siegfried Wagner stand vor uns! Er trug mindestens ebenso viele Tüten wie wir, aber alleine. Und der Inhalt seiner Tüten war essbar.

»Hallo«, sagte er, »war eben schon mal Vorräte für das Fest einkaufen. Ist ja schon in einer Woche.«

Moni sah mich ratlos an.

»Das ist Sigi Wagner, mein neuer Nachbar. Und das ist meine Freundin Moni.«

»Ach, Sie feiern nächste Woche Ihren Geburtstag?«

Oh, Moni, jetzt dein Einsatz, dachte ich. Jetzt bitte meine Notlüge retten!

»Ja, ähem, wahrscheinlich«, sagte sie und sah ihn strahlend an. Mir fiel ein Stein vom Herzen.

»Aber vielleicht feiern wir auch bei dir mit. Lass uns *du* zueinander sagen, wir sind ja wohl gleich alt.« Da war Moni schnell. Das mit dem »du« kriegte sie in dreißig Sekunden geregelt. Ich hatte den ganzen Pizza-Abend dafür gebraucht.

»Ziehst du aus?«, fragte er mich und zeigte auf die Kartons und Umzugstüten. Ich schüttelte den Kopf. »Nein, wir haben nur ein wenig aufgeräumt.«

»Ein wenig«, wiederholte Moni. »Aber wir müssen noch mal ran. Die Schuhkartons.« Na toll, bin ich ein Messie oder was? Ich sammle doch nicht alles Mögliche. Ich habe durchaus ein System. Eine Sammlung Zuckerstücke aus aller Welt, eine Sammlung Briefmarken mit Schmetterlingsmotiven, Haarspangen mit Strass (vorzugsweise rosa), eingetrocknete Ferrari-rote Nagellack-Flaschen und Sektkorken von romantischen Abenden. Mit Freundin oder Mann, egal. Davon hatte ich schon über hundert Stück – also konnte mein Leben keinesfalls trist sein.

Was aber musste Sigi von mir denken, wenn er hörte, dass ich Hilfe beim Aufräumen brauchte? Das würde er doch gleich wieder analysieren. Ich fühlte mich ein wenig blamiert und schwieg. Die innere Größe, genau im richtigen Moment eine coole Erwiderung zu finden wie jenes Mal im Flugzeug zum Steward (daran erinnerte ich mich in Phasen des Selbstzweifels gerne), die hatte ich gerade nicht. Es war aber auch gar nicht nötig. Das Gespräch plätscherte ganz von alleine weiter.

»Sieht ja nach großer Fete aus«, sagte Moni nun und zeigte auf seine Einkaufstüten von Kaisers Drugstore.

»Das ist erst der Anfang. Mir fehlt ja im Moment alles, bin gerade erst eingezogen. Ich koche auch so gerne.«

Ich stellte eine meiner Kleidertüten ab und dachte nach. Sigi Wagner war einfach so erschienen wie in einem Film. Die Aufzugtür ging auf, und er stand da. Okay, er sah nicht aus wie Richard Gere, und seine zig Einkaufstüten machten sich auch nicht gerade gut. Dennoch war ich irritiert. Wie immer, wenn in meinem Leben ein Synchronismus aus Gedankenbildern und Realität entstand. Trotzdem, bloß keine Emotionen! Sigi Wagner hatte ein Herd-Problem, eine winzige Küche und kochte gerne. Das sah nach Katastrophe aus. Ich konnte mir einfach nicht vorstellen, dass er kochen konnte. So wie Paul Bocuse oder wie Renzo, mein Lieblingskoch, der die besten gegrillten Doraden von ganz Berlin zaubern konnte.

Sigi sah doch so zerstreut aus, der vergaß bestimmt die Zutaten, dann die Garzeiten und schließlich das gesamte Essen. Was wollte ich noch in der Küche?, fragte er sich wohl zum Schluss.

Aber ich sollte mich täuschen. Wenn Sigi eines gut konnte, dann war das kochen. Da war er voll dabei. Das war seine Leidenschaft. Das genoss er mit allen seinen zur Verfügung stehenden Sinnen. Und das sollte auch ich noch kennen lernen.

»Der ist doch nett, der Typ«, sagte Moni später. »Irgendwie unkompliziert. Vermutlich hat der eine Macke bei der Vorratshaltung, aber eine Macke haben doch alle Psychologen.«

Nun mal langsam! Wenn das einer von Sigi Wagner denken durfte, dann ich.

»Der hat keine Macken, der ist einfach nur ein bisschen ... Na ja. Der hat so was Ähnliches wie das Dusselige-Kuh-Syndrom. Eben nur die Männer-Variante.«

Moni sah mich lächelnd an. Ich hasste dieses vielsagende Lächeln. Und wie ich es hasste! In solchen Momenten dachte ich, dass wir zu viel Zeit miteinander verbrachten. Sie kannte mich einfach zu gut. In und auswendig. Sie war eben alles in einer Person: meine Seelentrösterin, Ratgeberin, Vertraute, Shopping-Komplizin und beste Freundin. Doch schon der nächste Moment war wieder voller Spaß, so dass ich nicht länger grantig sein konnte. Wir quetschten uns mit unseren Tüten und Kartons in den kleinen Fahrstuhl, der nur für drei Personen zugelassen war, und hofften, dass wir sicher unten ankamen und nicht wie Götz George stecken bleiben würden und uns an den Drahtseilen wieder nach oben hangeln müssten.

Ich ergatterte einen Parkplatz direkt vor Monis Buch- und Esoterikladen mit dem Namen »Lunas Licht«. Babs, die studentische Aushilfe, die nebenbei Religionswissenschaft und Indologie studierte, dekorierte das Schaufenster gerade mit Taschenbüchern. Sämtliche Bücher von Bärbel Mohr rund um die Bestellungen und Reklamationen beim Universum. Und auch den Pappregenbogen stellte sie gewissenhaft auf. Und ein Wasserspiel, wie wir es hatten, allerdings in Zartgrün, blubberte stetig vor sich hin.

»Bis gleich. Ich bin gespannt, was du erreichst.« Moni stellte die Tüten vor den Secondhandladen und verschwand in ihrem Eso-Shop.

Ich hievte meinen Karton drei steinerne Stufen hoch, schwer von den Erinnerungen aus fünf Jahren. Und dann die verstärkten Umzugstüten. Mopsi wollte nicht bei Moni bleiben, sondern mit in den Secondhandladen kommen. Es sprach nichts dagegen, da es keine Bäckerei oder Metzgerei war. In Letzterer mochte er zwar gerne mal versehentlich über Nacht eingeschlossen werden. Zwischen Jerky vom Rind und Streichleberwurst mit Trüffeln übernachten. Das war bestimmt sein ganz spezieller Wunsch ans Universum.

In diesem Secondhandladen hatte wir ein schauerliches Erlebnis. Ein dumpfer, undefinierbarer Mief aus alten getragenen Klamotten, schlecht gelüfteter Bude und miefigen Schuhen schlug uns entgegen.

In einer dunklen Ecke saß hinter einem klapprigen Holztisch wie Thekla in ihrem Netz eine Frau von Ende fünfzig, die uns mürrisch ansah. Thekla spielte eine ziemlich garstige Rolle in der Verfilmung der »Biene Maja«. Aber das Titellied der Serie, das Karel Gott so fröhlich mit Akzent geschmettert hatte, das machte mir immer wieder Freude. »Wir treffen heute unsere Freundin Biene Maja ...«, summte ich zur Aufheiterung. Es war ziemlich dumpf und schlecht beleuchtet. Ein vergittertes Fenster im hinteren Bereich des Ladens spendete müdes Tageslicht. Durch das schmutzige Schaufenster und die darin ausgestellten Plünnen konnte sich ebenfalls kein Sonnenstrahl den Weg bahnen. Eine Hängeleuchte verbreitete immerhin kräftiges Licht über dem Holztisch. Die 60-Watt-Markierung konnte ich deutlich erkennen, denn die große Glühbirne ragte aus der kleinen Lampenfassung heraus. Thomas Edison wäre begeistert gewesen, wie viel Aufmerksamkeit ich seiner glanzvollen Erfindung in diesem Moment zollte.

»Ich sage es lieber gleich. Ich denke, es ist nicht nötig, aber es gehört zu meinen Geschäftsgepflogenheiten ...«, hob die Ladenbesitzerin an und öffnete den Karton. Mit gichtigen Fingern, über die sie selbst gestrickte, fingerfreie Handschuhe gezogen hatte, näherte sie sich den Kleidungsstücken. Meinen mehr oder weniger geliebten Erinnerungen.

Ich saß erschöpft auf einem Stuhl, auf dem ein altes Katzenfell (ich schwöre, es war ein Katzenfell!) statt eines Kissens lag. Mopsi setzte sich entgegen seiner Gewohnheit nicht auf den Boden. Ich vermutete, er wollte nicht schmutzig werden. Er stand etwas o-beinig neben mir.

»Also, den Erlös halbieren wir. Ganz einfach. Sie sagen mir, was es neu gekostet hat. Ich mache dann einen Preis. Den kann ich gut einschätzen, ich habe den Laden schon seit zwanzig Jahren.«

So riecht es hier auch, dachte ich.

»Und wenn die Zeit abgelaufen ist, meist nach drei bis vier Wochen, dann kommen Sie wieder her und wir rechnen ab. Was nicht verkauft wurde, können Sie wieder mitnehmen.«

Ganz sicher nicht, dachte ich. Was hier einmal gehangen hat, das ist ja fast schon kontaminierter Sondermüll. Zumindest energetisch betrachtet. Ich verstand ja nicht viel davon, aber wenn ich mir vorstellte, wie viele Erinnerungen in diesem Laden zusammengetragen auf den Kleiderbügeln hingen. Das konnte ja nur muffig und depressiv wirken. Vielleicht müsste man sie irgendwie behandeln, neu aufladen oder so, besprühen mit Energiewasser oder Aura Soma oder was auch immer. Doch jäh wurde ich bei meinen weitreichenden Ausführungen über die kosmischen Energiegesetze gestört. Dafür war ohnehin Moni zuständig.

»Sie kaufen wohl nicht im Secondhandladen?«, fragte die Alte plötzlich spitz.

»Nein.« Ich zeigte ablenkend auf eine kleine Sporttasche, die fast unter der Decke des Ladens hing.

»Sie haben ja sogar Taschen. Eine kleine Adidas.«

»Die hängt darum ganz da oben. Sonst ist die gleich weg.«

»Weg?«

»Ja, ich passe zwar auf. Aber geklaut wird hier trotzdem öfter mal was. Wenn das bei Ihren Sachen geschieht, teilen wir den Verlust. Geteiltes Leid ist halbes Leid, ist nur fair.«

Ich nickte und fühlte mich mehr als unbehaglich.

»Die Skijacke, was hat die denn gekostet?«

»Etwa 120 DM.«

»Dann nehmen wir mal 30 Euro.«

»Aber die ist noch neu und von Sergio Tacchini.«

»Wer ist das? Meine Kunden kennen das nicht. Die Farbe ist schön, dieses Gelborange. Dadurch werde ich sie vielleicht los. Also, ich mache das jetzt seit zwanzig Jahren, ich weiß, was die Sachen wert sind. 30 Euro, das ist schon viel, die Obergrenze. 35 Euro sind ja 70 DM. Das zahlt hier keiner.«

Ach ja, dachte ich, Sie machen das seit zwanzig Jahren? Aber Sergio Tacchini nicht kennen, was?

Die Alte teilte genau auf. Alle meine Sachen kamen hinter ihr auf eine fast leere Kleiderstange, nachdem sie ein mit einem spitzen Bleistift beschriebenes winziges Preisschild mit Hilfe eines Fussels von Bindfaden drangehängt hatte.

»Da habe ich die etwas besseren Sachen im Auge«, murmelte sie erklärend und zeigte auf die Kleiderstange hinter sich. »Also, im Mai sehen wir uns wieder. Am 13., da rechnen wir dann ab.«

Ich nickte, klappte meinen Karton zu und legte die großen Papiertüten zusammen.

Endlich draußen vor der Tür! Wie wunderbar war die frische Luft. Ich atmete tief durch. Der Karton war leicht, ganz leicht. Alle Erinnerungen hatte ich abgegeben. Die Sonne schien mir ins Gesicht und der laue Frühlingswind wehte unter den Trenchcoat.

Freiheit! So fühlst du dich also an!

Dahinein würden wir nie mehr gehen. Wir würden Moni bitten, das Geld abzuholen und dafür Bienenstich für unseren nächsten Plausch mit Mica Donate zu kaufen. Mopsi hob sein Hinterbein und produzierte genussvoll einen Bach, den er wie zur Bestätigung unseres Entschlusses am Fahrradständer sprudeln ließ.

Wir brachten den Karton zum Auto und schauten dann noch einmal bei Moni im Buchladen vorbei.

»Na, wie war's?«, fragte sie.

»Apokalyptisch. Es stimmt, Erinnerungen sind überaus persönlich, für andere sind es einfach nur Klamotten. Mit oder ohne Label. Alles egal. Ab sofort gebe ich alles wieder in den Sammelcontainer vom Roten Kreuz. Dann muss ich nicht mit ansehen, wie jemand mit Gichtfingern drin herumwühlt und Kommentare abgibt. Und obendrein in meinen Erinnerungen herumgrabbelt.«

»Für sie ist es eine Ware, sie ist völlig neutral. Es ist einfach ein Klamottengeschäft.«

»Apropos Feng Shui. Für dich und deinen geschäftlichen Erfolg ist so eine Nachbarschaft eigentlich auch nichts. Keineswegs förderlich, so ein Besen in der Nachbarschaft.«

»Ich weiß, das ist nicht gerade die positive Energie, die ich mir wünsche. Vermutlich beschäftige ich mich deshalb so viel mit den Gegenmaßnahmen. Um dies alles zu kompensieren.«

»Das nehmen wir nach dem Jubiläum auch in Angriff«, sagte ich. »Wir suchen für dich ein neues

Geschäft mit allen günstigen Eigenschaften. Vielleicht kommst zu uns an den Ku'damm? Und dann zeigst du mal, wie dein Feng Shui wirklich wirkt.«

Ich kaufte vielleicht nicht im Secondhandladen ein, aber Flohmärkte waren mein Jagdgebiet. Da dieser Tag ohnehin anders war als andere, gingen wir eine Stunde über den Trödelmarkt. Wir fanden tatsächlich eine nette Art-déco-Glasschale aus hellgrünem Uranglas und eine Kleiderbürste mit versilbertem Schaft und feinem Muster. Und was lag da mitten auf einem Bücherberg? Eine weiße Polarfuchs-Stola, wie ich sie mir für die Dekoration unseres Schaufensters gewünscht hatte. Ich nahm den weichen Fuchs hoch. Ein hübsches Gesichtchen hatte der kleine Kerl. Und aufgeweckte Glasaugen. Wo der wohl herkam? Was der alles erlebt hatte? Viel zu hübsch, um hier auf dem Flohmarkt herumzuliegen.

»Was kostet der süße Kerl?«, fragte ich.

»Was ist er Ihnen denn wert?«

»Ist schon ein sehr hübsches Kerlchen.«

»100 Euro«, sagte der Mann und schaute auf Mopsi. Tierfreunde unter sich. Wenn auch mein Hund noch wesentlich lebendiger war als sein Fuchs.

»Wo haben Sie den denn her?«

»So eine Art Erbstück, würde ich sagen«, sagte der Mann.

Erbstück, an einem Stand mit Büchern und Briefmarken? Das kam mir seltsam vor. Vielleicht doch eher Hehlerware?

»Ich kriege doch hoffentlich keinen Ärger mit den Grün-Weißen, wenn ich den jetzt kaufe?« Einmal Polizei im Jahr, das war mir genug. Und ich dachte an mein abgeschlepptes Auto.

»Auf keinen Fall. Wenn was sein sollte, dann kommen Sie wieder hierher zu mir.«

Schon klar, dachte ich. Der würde auch gerade nächste Woche noch seinen Flohmarktstand haben. Ich schaute mir den kleinen Polarfuchs näher an. Er roch weder muffig, noch hatte er Motten.

»Der ist fast wie neu«, sagte der Mann. Ich legte ihn mir um die Schultern und schaute in den Spiegel am Flohmarktstand. So etwas trug sonst nur eine Diva im Film, dachte ich. Anita Ekberg in La Dolce Vita oder so. Sah schon klasse aus. Der Fuchs würde mein Wunschfuchs sein, dachte ich. Einmal so geküsst werden wie Anita in La Dolce Vita. Es musste auch nicht Marcello Mastroianni sein, der war mir arg zu alt inzwischen. Dieser Fuchs würde einen Ehrenplatz auf Opas Chaiselongen bekommen. Ich konnte ja nicht ahnen, dass ich ausgerechnet mit dieser Stola meinen Mr. Right erschrecken würde.

Wenn schon Ordnung, dann richtig. Vor dem Jubiläum sollte auch in der kleinen Galerie (ja, so nannte ich sie dank Herrn Sigmund von nun an in Gedanken) alles aufgeräumt sein. Und glänzen. Und so kam am späten Nachmittag ein großer orangefarbener LKW und noch ein kleiner Pritschenwagen, die die ganze Straßenseite blockierten. Ein ganz kleiner dicker Mann und ein schmaler Blonder stiegen aus dem großen Laster aus. Die steckten in Overalls, die so orange waren wie ihre Lastwagen. Das war CI, Corporate Identity, und der eine war auch so rund und korpulent wie sein Müllauto. Der Dicke also hatte einen Zettel in der Hand und tat ganz wichtig.

»Guten Tag, wir sollen hier was abholen.«

»Ja, schön, dass Sie kommen, aber ich glaube, das ist ein Missverständnis«, jammerte ich, »die Sperrmüllabfuhr haben wir nicht bestellt. Die Sachen sind noch gut. Die sollten eigentlich ins Recyclingkaufhaus.«

»Kein Problem, wir haben auf unserer Tour immer zwei Fahrzeuge dabei.«

Und er deutete routiniert mit dem Kugelschreiber auf den kleineren Laster.

»Also, hier steht: 1 Bürostuhl, 1 Halogenleuchte, 2 Freischwinger …«

Er zählte alles gewissenhaft auf. Es gab kein Zurück.

»Wir haben alles zusammengestellt. Nur die Halogenleuchte ist ein Deckenfluter und hat einen Marmorfuß, der ist mir zu schwer. Vielleicht können Sie mal mitkommen? Er steht nebenan.«

Der große Blonde folgte mir, und Mopsi schien nachzugucken, ob der auch einen schwarzen Schuh anhatte, so wie der im Film. Pierre Richard oder wie der hieß. Aber wesentlich geschickter als der klemmte sich dieser Blonde den schweren Deckenfluter unter einen Arm und einen der Freischwinger unter den anderen.

»Könnten Sie eventuell auch noch mehr mitnehmen?«

»Nur, wenn wir Platz haben. Eigentlich nur das, was angemeldet ist. Um was geht es denn?«

»Die zwei Bistrostühle aus der Espressoküche.«

»Die kleinen da? Kein Problem.«

»Und ich hätte da noch etwas.«

»Nur, wenn Platz ist. Was haben Sie denn?«

»Das Sofa aus Schilf.«

»Das Kleine da? Kein Problem.«

Ich frage mich, was andere Leute an Möbeln weggaben und wie groß das bei denen alles war. Nach den Fragen der Overallis zu urteilen, schien bei anderen Leuten alles viel, viel größer als bei uns zu sein. Für sie waren unsere kleinen Möbelstücke »kein Problem«.

Jedenfalls fuhren sie schnell wieder ab und setzten auch nicht die große Müllpresse in Gang, worüber ich sehr froh war. Ich vermutete aber, dass die beiden einfach nur feinfühlig waren und hinter der nächsten Straßenbiegung auf den Knopf drückten.

»Sach mal, Enno, brauchen wir das Zeug?«

»Nee, lass man gut sein. Drück drauf.«

Und dann drückten sie auf den roten Knopf und aßen meine Merci-Schokoladen auf, die ich ihnen mitgegeben hatte, während die Freischwinger und Deckenfluter und was weiß ich noch alles mit dem Zeug von halb Berlin zu einem perfekten Quadrat von drei Tonnen Gesamtgewicht zusammengepresst wurden.

Ein stiller Startschuss

Wir waren richtig müde, Mopsi und ich, und auch ein bisschen zerrauft und durchgeschwitzt von dem Tag und der Räumerei und all dem Hin- und Hergefahre. Wir sehnten uns nach einem Bad. Einem heißen Vollbad mit den besten Badezusätzen, die wir im Regal finden würden. Heute war mir nach Rosenduft zumute, das genaue Gegenteil vom Tagesgeschehen. Doch als sich die Fahrstuhltür auf unserer Etage öffnete, ragte uns ein hellbrauner Regalboden entgegen. Ein Teil des Ikea-Klassikers namens Billy. Die Tür von Sigi Wagners Wohnung stand offen. Drinnen hörte man abwechselnd Sägen und Klopfen. Dann war Stille.

»Alles okay?«, rief ich in die Wohnung.

»Alles bestens«, antwortete es von drinnen. »Komm doch rein.«

Ich ging rein, und Mopsi folgte mir wie selbstverständlich. Die Tür konnten wir nicht schließen, der Regalboden klemmte ja dazwischen.

»Mir fehlen einfach zwei Hände zum Festhalten«, sagte Sigi Wagner, »da habe ich die Wohnungstür als Klemmvorrichtung genutzt. Ich kann nicht gleichzeitig bohren und die Bretter im Winkel halten.« Rechts neben ihm lag ein ruinierter Regalboden, den hatte er definitiv zugrunde gebohrt, das sah selbst ich auf Anhieb.

Ich hatte zwar weder eine Gurkenmaske im Gesicht noch meinen rosa Morgenrock an, wie es Ulrikes Albtraum war, aber ich sah ziemlich geschlaucht aus von diesem Tag. Gesichtsfurchen wie die Rolling Stones. Dennoch hörte ich mich zu meiner eigenen Verwunderung sagen: »Dann machen wir das eben zusammen.« Ich legte meinen Mantel auf eine Umzugskiste.

Ich hielt also die Winkelbretter aneinander und Sigi schraubte. In null komma nix hatten wir vier Regale zusammengebaut.

»Die bleiben im Flur«, sagte er. »Da kommen die Bildbände rein. Und hier«, er zeigte auf den kleinen Nebenraum, »daraus mache ich ein Lesezimmer. Da steht dann nur ein Sessel drin, eine Leselampe und ringsherum meine Bücher.«

Ich nickte, wir machten eine kurze Pause und Sigi brachte zwei gut gekühlte Berliner Weiße in den passenden Gläsern aus seiner Küche.

Ich guckte erstaunt.

»Das trinkt man doch in Berlin, oder? Willste Himbeersirup oder Waldmeistergeschmack?«

»Himbeer, bitte«, sagte ich.

»Das erinnert mich an meine Kindheit«, sagte er und schlürfte an seinem Strohhalm. »Da gab es Lollis, die schmeckten so.«

Ich nickte. Sigi hatte wohl noch mehr als ein Herd-Problem.

»Ich mag Erinnerungen«, sagte er plötzlich. »Sie sind wunderbar, wenn sie schön sind. Sie werden nie alt. Und sie sind immer da. Ich heiße eigentlich Siegfried wie mein Opa. Der war ausgesprochener Wagnerianer. Na ja, und da dachten meine Eltern, das würde sich auf mich übertragen. Das Gefühl für die Musik. Ich mag aber lieber Musik von Norah Jake, also nenne ich mich lieber Sigi als Siegfried.«

Ich lachte, obwohl ich nicht wusste, wer Norah Jake war. »Ich heiße eigentlich Susanne, finde Sisi aber viel mondäner.«

Brizz! Zitzzz! Wie zum Hohn spritzte mir Himbeersirup aus dem Strohhalm auf die Jeanshose. Sehr mondän, Sisi, da haste was!

»Geht wieder raus«, sagte Sigi nüchtern, als er meinen Gesichtsausdruck sah. »Die Flecken gehen sogar aus Omas Tischtüchern raus. Ich habe meinen halben Hausstand von Oma geerbt. Und von Opa die ganzen Bücher.« Er zeigte auf gut siebzig Umzugskisten, die über- und nebeneinander gestapelt des Auspackens harrten. Sie nahmen einen ganzen Raum für sich ein.

»Alles von Oma?«, fragte ich. Meine Augen weiteten sich erschreckt.

»Ich habe alles von Opa geerbt. Oder zumindest viele von meinen Sachen.«

»Wir sind eben in dem Alter, wo man erbt«, sagte Sigi analysierend. »Die Erbengeneration.« Er sah darin offensichtlich keine weiteren Gemeinsamkeiten, und so machten wir uns wieder daran, Regalteile zusammenzuschrauben. Es ließ sich nicht vermeiden, dass dabei gebohrt wurde. Und manchmal auch gesägt, denn Sigi wollte die Ikea-Regale noch weiter optimieren. Wir waren so beschäftigt, dass wir nicht auf die anderen Mitbewohner im Haus achteten. Und so stand plötzlich der Anti-Aging-Experte von gegenüber in der Wohnungstür. Er war sichtlich genervt und sah nicht so aus, als ob seine Anti-Aging-Rezepte an ihm gewirkt hätten.

»Was ist das hier für ein Lärm?«, rief er. »Hört das nicht bald auf, dann hole ich die Polizei.«

Als er mich sah, blieb er erschreckt stehen. »Sie sind auch dabei? Das hätte ich nicht von Ihnen gedacht«, sagte er missmutig.

»Das ist unser neuer Hausnachbar Siegfried Wagner«, sagte ich. »Ich habe ihm beim Zusammenschrauben der Winkel und Bretter geholfen. Sie haben völlig Recht. Wir waren etwas zu laut und hören jetzt für heute auf. Entschuldigen Sie. Das ist übrigens Herr Professor Peeler von gegenüber«, sagte ich zu Sigi.

Sie gaben sich kurz die Hand, dann drehte sich Peeler um und ging zur Tür hinaus. »Nichts für ungut«, hörten wir noch, dann war alles still.

»Toll, wie du den bei sich abgeholt und seine Stimmung ausgebremst hast. Eine echte Diplomatin«, sagte Sigi anerkennend.

»Nicht wirklich. Er ist ein netter Kerl. Nur in diesem Moment kam das nicht rüber. Ich habe mich einfach daran erinnert, wie er sonst ist. Da konnte ich ihm nicht böse sein. Mehr nicht.« In diesem Fall waren Erinnerungen wirklich hilfreich. Ansonsten mied ich sie.

Plötzlich ließ sich Mopsi mit seinem ganzen Gewicht auf ein altes Sofa fallen. Seine Art der Demonstration von Müdigkeit. »O nein«, sagte ich erschreckt. Und Sigi ergänzte: »Das macht der sonst nie.«

»Jedenfalls nicht bei den Nachbarn«, sagte ich und nahm ihn vom Sofa runter auf den Arm. »Wir gehen jetzt, es ist spät.«

»Wir können ja morgen weitermachen, wenn du magst«, sagte Sigi noch. »Für eine Pause mache ich uns dann einen kleinen Imbiss.«

Ich nickte. Dann knipste er mir im Flur das Licht an, ich hatte ja Mopsi zu tragen, und schloss mir die Wohnungstür auf. Ich hörte noch, wie er das lange Regalseitenteil zur Wohnungstür hereinzog. Dann war endlich im Haus Ruhe eingekehrt.

Ich lag wieder einmal in der Badewanne. Ein Bade-Butler wäre genau das Richtige für mich. Wasser vortemperieren, Rosenblüten draufstreuen, ein Teelichtermeer entzünden und ein Bademenü mit Champagner servieren. Doch auch ohne so viel Gedöns sah meine Haut schon aus wie die Schale eines überwinterten Kürbis im Frühjahr – und ich war noch immer nicht fertig mit dem Nachdenken. Ein komischer Tag heute. Erst meine Aufräumaktion mit Moni und dann dieses unerwartete Aufbauen von Bücherregalen bei Sigi. Sigi, der eigentlich Siegfried hieß und alles von Oma geerbt hatte. Und ich von Opa. Sigi, der uns einen Imbiss machen wollte, wenn wir am nächsten Tag weiter aufbauten, und sich nicht darüber aufgeregt hatte, dass sich Mopsi auf sein gutes Sofa gesetzt hatte. Sigi, der sicherlich seinen Umzug auch zum Aufräumen und Neuordnen nutzte. So korrekt und strukturiert, wie das alles bei ihm aussah. Komischer Typ, und dann noch Psychologe. Da musste ich mich mit jedem geäußerten Wort in Acht nehmen, sonst las der in meiner Seele und meinen Befindlichkeiten wie in seinen Büchern.

Ich dachte über Abschluss und Neubeginn nach, die an diesem Tag so eng beieinander lagen. Wenn auch in verschiedenen Wohnungen. Ich hatte mich schon vor Monaten von allen Dingen getrennt, die mich, wenn ich sie angesehen hatte, in eine depressive, traurige oder genervte Stimmung versetzt hatten. Ausnahmslos alles! Und diese Teile waren längst nicht nur Hinterlassenschaften inzwischen ungeliebter Exfreunde, sondern auch ungeliebte Geschenke von Verwandten oder Bekannten. Verlegenheitsgeschenke. Sie beschwerten mein Leben und meine Umzugskisten! Meist waren die Geschenke mehr oder weniger für den Alltag untauglich. Ich erinnerte mich an das alte Sennheiser-Mikrofon vom Rosenmontag 1983, die bunten Kokosnuss-Holzohrringe von irgendeinem Urlaub, ich wusste nicht mehr wo, oder die blaue Murano-Vase, die Murano nie gesehen hatte. Diese Sachen waren noch nicht einmal kostbar. Also weg damit!

Bei der Kaffeemaschine des Ex oder dem Weinregal sah die Sache zu Anfang schon schwieriger aus, da sie im täglichen Leben eine nützliche Aufgabe innehatten. Aber auch da fand sich eine Lösung. Ich improvisierte und hielt mich für unwahrscheinlich kreativ. Die Kaffeemaschine flog in den Baucontainer vor dem Haus. Meinen Kaffee trank ich daraufhin wochenlang wieder gefiltert, was köstlich duftete und schmeckte. Das Weinregal des Exfreundes verfeuerte ich im väterlichen Kamin. Und für den Wein fand ich einen Platz im Küchenschrank, was ihn UV- und staubfrei reifen ließ. Unter dem Strich also war jeder Umzug eine Entwicklung zum Besseren. Vielleicht erging es Sigi ebenso?

Und ich beschloss, am nächsten Morgen der alten Kunst des Feng Shui ein kleines Kapitel in meiner Beziehungsfibel zu widmen, ehe ich vielleicht am Nachmittag zu Sigi zum Helfen gehen würde.

Ich saß also an meinem Laptop und schrieb:

Vor einem Neuanfang und dem erhofften Zusammentreffen mit Mister Right steht ein gehöriger Kehraus im eigenen Zuhause. Nur wenn das Alte weg ist, wird Platz für das Neue geschaffen. Ein Umzug ist dabei sehr hilfreich, doch gründliches Aufräumen tut es auch. Es nützt übrigens wenig, wenn Sie die Dinge mit zweifelhaftem Erinnerungswert in Schränken oder im Keller verstecken. Das Unterbewusstsein weiß, dass sie noch da sind, und reagiert darauf mit Beschwernissen und Hemmungen im täglichen Leben. Abgesehen davon, dass Sie ganz bewusst zur Kenntnis nehmen, dass alles noch da ist, wenn Sie die Schranktür öffnen oder in den Keller gehen.

Wenn es Ihnen Leid tut um all die einst geliebten Dinge, dann geben Sie sie ab in gute Hände. Sie werden sie ganz sicher nicht mehr brauchen. Oder wollen Sie mit der Spaghetti-Zange der Fast-Schwiegermutter Ihrem neuen Freund die Nudeln auf den Teller häufen? Ganz sicherlich nicht! Also weg damit!

Gute Hände finden Sie bei Oxfam – inzwischen in vielen Großstädten vertreten. Hier können Sie alles abgeben, von dem Sie glauben, dass ein anderer es haben möchte und noch Geld dafür bezahlen würde. Von feinem Porzellan über saubere, gute Bekleidung, von Büchern bis Schallplatten, die ehrenamtlichen Helfer nehmen alles an und verkaufen es in den Oxfam-Läden. Der Erlös kommt Hilfsprojekten auf der ganzen Welt zu Gute, wie beispielsweise Wasserleitungen in Indien.

Ich selbst hätte durch meine wiederholten Aufräumaktionen ganze Kilometer an Wasserleitungen in Indien finanzieren können. Da war ich mir sicher.

Auch E-Bay empfiehlt sich, schrieb ich weiter. Dabei war die Idee nun wirklich nicht neu. Aber es war erstaunlich, dass Menschen in Kummer- und Grenzsituationen in ihrem Leben nicht auf die einfachsten Dinge kamen. Besonders Liebeskummer war grässlich, benebelte das klare Denken und Planen und sorgte obendrein für erhebliche Pannen. Ich hatte mir mal die gesamte linke Kotflügelseite und die Tür meines Autos in einem Parkhaus am Betonpfeiler aufgerissen, nur weil ich Tränen in den Augen hatte. Der vorangegangene Streit mit einem Mann war völlig belanglos gewesen, ich wusste nicht einmal mehr, wie er geheißen hatte. Aber den Schaden am Auto, den konnte ich immer noch auf dem inneren Bildschirm abrufen. Also, wer neu beginnen wollte, und dies vielleicht auch noch im Liebesschmerz, dem musste geholfen werden!

Nutzen Sie die Vorteile eines internationalen Käufermarktes. Vertrauen Sie alles einem E-Bay-Agenten an, der die Dinge emotionslos betrachtet, fotografiert, versteigert und sogar versendet. Der Vorteil eines Verkaufsagenten ist der, dass Sie nicht rückfällig werden können. Was Sie ihm gegeben haben, wird er versteigern. Machen Sie dies selbst, könnten Sie die Auktion vorschnell abbrechen oder beim anschließenden Verpacken oder Versenden leiden. Legen Sie alles in einen Karton und geben Sie es gedanklich wie räumlich im Laden des Verkaufsagenten ab. Irgendwann nach spätestens drei Wochen erhalten Sie einen kleinen oder größeren finanziellen Erlös aus der Verkaufsauktion und laden dafür eine Freundin auf eine Cointreau-Torte im Wiener Café oder auf ein halbes Kilo Macadamia Nut Brittle von Häagen-Dazs ein. Sie werden süchtig werden nach den Verkaufsauktionen und sich von vielem trennen, von dem Sie das niemals für möglich gehalten hätten.

Ich fand es immens wichtig zu betonen, dass es immer Leute gab, die sich über die Sachen mit Erinnerungswert, die man schweren Herzens aus seinem Leben weggegeben hatte, freuten. Das erleichterte ungemein. Und Moni hatte mir das auch mal auf der esoterischen Ebene erklärt. Aber daran konnte ich mich im Moment nicht so genau erinnern. Niemand wollte, dass der einst geliebte Teddy, der Vertraute glücklicher und unglücklicher Lebensstunden, in der städtischen Müllverbrennungsanlage endete. Das war einfach so.

Ich hatte mal einen mannshohen Plüschteddy als Werbegeschenk einer Thüringer Spielwarenfirma bekommen. Er brauchte das ganze Sofa für sich alleine, und auf den Boden setzen wollte ich ihn nicht. Tagsüber saß er also auf dem Bett, nachts auf dem Sofa. Und jeden Tag trug ich das Riesentier von Zimmer zu Zimmer, je nach Tageszeit. Bis ich dieser Aktion mehr als überdrüssig wurde und ihn, nagelneu, wie er immer noch war und mit Etikett am Ohr, in einem Kindergarten abgab. Da saß er jetzt in der Kummerecke und nahm sich der Sorgen der Kleinsten an. Und die Kindergartenleitung hatte mir von meinem Bären-Kummerkasten als kleines Dankeschön für die Spende sogar noch Fotos geschickt.

Das war angewandtes Feng Shui sozusagen. Doch die Hintergründe dieser über fünftausend Jahre alten Lehre, die müsste ich mir vor dem Schreiben des nächsten Kapitels durch Sekundärliteratur erarbeiten oder Moni zu Rate ziehen. Oder auf psychologischer Ebene von meinem neuen Nachbarn, dem Herd-Problematiker, dazu einen Kommentar verfassen lassen.

Was war das nun wieder? Wieso spukte der mir denn plötzlich im Kopf herum? Vermutlich, weil es an der Zeit war, bei ihm vorbeizuschauen, analysierte ich.

Der Hochstapler und seine asiatische Perlenfarm

Nachdem ich mit Mopsi eine Runde Gassi gegangen war und er sämtliche Laternen der Straße sowie die angrenzenden Parkbäume nach neuen Nachrichten abgelesen hatte, klingelten wir bei Sigi. Er begrüßte uns mit einem Strahlen von einem Ohr zum anderen. »Ich habe mir gedacht, dass du erst weit nach dem Frühstück kommst, und uns deshalb einen kleinen Nachmittagssnack zur Stärkung vorbereitet.«

Er schob mich in die Küche und reichte mir einen Teller. Was ich auf der Anrichte unter dem ausladenden Gewürzregal mit etwa hundert Gewürzen aus aller Welt sah, das reichte für alle Hausbewohner. Ich war sprachlos.

»Ist nur eine kleine Zwischenmahlzeit. Nix Großes. Wir wollen uns ja nicht zu sehr vollschlagen, wir brauchen unsere Kraft noch. Wenn man bedenkt, dass wir das meiste von unserer Lebensenergie für die Verdauung aufwenden. Das wäre doch schade, wo wir noch so viel zu tun haben.«

Wenn ich mir Sigis fulminantes Imbissbuffet so ansah, dann würde ich für die Verdauung die Energie einer Lebenswoche verprassen.

Er hatte grünen Spargel in hauchdünne Schinkenröllchen gewickelt, Blauschimmel-Käse in Würfel geschnitten und auf getoastetem Weißbrot mit Kräutern drapiert, eine Schüssel Rucolasalat neben einem Töpfchen mit Dressing aufgestellt, orangefarbene Cherry-Tomaten mit Büffel-Mozzarella-Kugeln auf Zahnstocher gespießt, kaltes Roastbeef mit gelber Senfsauce und eingelegte Heringshappen mit Dill auf kleinen Platten und Brettchen nett angerichtet. Irgendwie wirkte alles ein bisschen wie von Oma, aber sehr liebenswert. Vielleicht lag es an den 50er-Jahre-Aufschnittplatten. Es fehlten nur die bunten Party-Stick-Flaggen aus Papier.

Ich schwieg. An meinem ersten Abend in meiner Wohnung hatte ich »Call a Calzone« angerufen und nicht einmal den Salat selber gemacht. Geschweige denn gewaschen oder gar gekauft. Er kam direkt aus der Küche des Pizza-Manns, inklusive Dressing. Das war mir ziemlich peinlich. Generell beschränkten sich meine Kochkünste darauf, den auf den Konservendosen abgebildeten Serviervorschlag optisch in eigenen Kreationen nachzuempfinden. Bei den Fotos von den Suppen war das noch machbar, kläglich versagte ich bei abgebildeten Pudding-Drapierungen. Wenn ich die aus dem Becher auf einen Teller schüttelte, dann zerfiel mir das Ganze zu einem breiigen Fladen. Die Sahne war gar nicht mehr zu sehen. Ich beschloss daraufhin, den Pudding direkt aus dem Plastikbecher zu essen. Erst die Stickstoffsahne, dann den gelben Brei. Ich war ein Gourmet, das müsste ich dennoch zu meiner Verteidigung sagen. Doch leider einer mit einem unglaublichen Appetit und wenig Zeit.

»Ich habe heute nichts gekocht«, sagte Sigi, »das sind alles Vorräte.«

Wie zum Hohn schallte das in meinen Ohren. Er hatte selbst ohne Kochen etwas hingezaubert, das klasse aussah und ebenso schmeckte.

Es stellte sich aber heraus, dass er den Beelitzer Spargel einen Tag zuvor für sich gekocht hatte, auch das

Roastbeef war tags zuvor von ihm zubereitet worden. Immerhin hatte er also doch gekocht, wenn auch einen Tag vorher. Mir war in dreißig Sekunden klar, dass Sigi nicht ohne Herd leben könnte. Sicherlich wusste er auch, welche Topinambur-Wurzelknollen man auf dem Markt aussuchte und welche man lieber liegen ließ. Und zur Diskussion um schwarzen und weißen Zucker hätte er bestimmt auch etwas beizutragen.

Wir aßen an seinem Esstisch, der für die winzige Küche viel zu groß war. Er war ein zentraler Punkt in seinem Leben, das war offensichtlich. Dabei war Sigi echt nicht dick. Nicht einmal untersetzt, musste ich neidlos anerkennen. Es war mir unklar, wie er diese Mengen an Lebensmitteln verarbeitete, ohne körperlich aus dem Leim zu gehen. Aber ich merkte schnell, dass er nicht viel aß, sondern nur von allem kostete. Gezielt schnabulierte sozusagen.

»Festlich essen kann man auch zu Hause«, sagte Sigi. »Das macht oft mehr Spaß, außerdem kann viel mehr schief gehen.«

Das stimmte. Wir aßen mit den Fingern. Sigi hatte bis auf wenige Rührlöffel und das große Fleischmesser noch kein Besteck ausgepackt. Es schmeckte ihm trotzdem. Nach dem opulenten Mahl hatte ich Magendrücken und wünschte mir wahlweise einen Rennie oder einen Digestif aus der Bottega della Grappa.

Stattdessen ging es ran an die Arbeit, und ratzfatz waren die letzten Regale zusammengebaut und sogar sämtliche Bild- und Fotobände im Flur eingeräumt. Und es waren wahrlich nicht wenige. Sigi holte eine Flasche Wein aus der Küche, wir saßen auf dem Boden auf zwei Stapeln zusammengefalteter Kartons. Ohne Korkenzieher, der noch in irgendeiner Kiste schlummerte, öffneten wir den Wein mit dem Handwerkszeug aus der Monteurskiste.

»An welchem Thema arbeitest du gerade? In der Vorlesung, meine ich.«

»Ich beschäftige mich mit der pathologischen Psychologie des Hochstaplers.«

»Felix Krull und so?«, fragte ich schüchtern. Als Germanistin fiel mir nichts Besseres ein.

»Sozusagen«, sagte er amüsiert. »Aber auch richtige Hochstapler. Wirtschaftsbetrüger.«

»Da kannte ich auch mal einen«, sagte ich leise.

»Echt? Du kanntest einen? Erzähl doch mal! Das würde mich interessieren.«

»Ich glaube nicht. Ist für dich wirklich nicht so wichtig. Du kennst bestimmt ganz andere Fälle.« Ich wollte aufstehen, doch Mopsi rührte sich kein bisschen. Der lag wie ein Stein auf meinem Schoß und schnarchte. Sonst merkte der doch immer, wenn ich aufstehen wollte. Was war denn bloß mit dem los in letzter Zeit? Er verhielt sich mir gegenüber renitent. Das machte der doch sonst nie. Doch ich kam nicht weiter dazu, über Conrad nachzudenken, denn Sigi sprach wieder.

»Doch, das ist alles wichtig. Ich sammle noch ein paar Fälle für meine Vorlesung. Ist die Hochstapelei herausgekommen? Wie? Wofür?« Er taute richtig auf. So viele Sätze hintereinander hatte er während der ganzen Arbeitsphase mit den Bücherregalen nicht gesprochen.

Es half wohl nichts, ich musste erzählen. Aber ich würde es kurz machen.

»Ich werde dir den größten Hochstapler aller Zeiten aus meinem Leben vorstellen. Den Lügenbaron schlechthin. Baron Münchhausen ist ein naiver Dilettant gegen diesen realitätsfernen Möchtegernmillionär und Betrüger.« Das war ein richtig gutes Intro, und Sigi nickte erfreut. Er goss sich von dem Weißwein nach. Dann sah er mich aufmerksam an. Er hatte schöne blaue, ganz ruhige Augen. Und ich, ich begann zu stottern.

»Guck doch nicht so. Ich kann nicht über Männer reden, wenn du so guckst.«

O nein, das war genau der Satz, den ich immer zu Moni sagte. Aber vor mir saß nicht Moni, sondern mein Nachbar Sigi! Schrecksekunde meinerseits. Sigi sagte erst nichts.

»Dann gucke ich auf die Bildbände. Wir haben sie noch nicht alphabetisch geordnet.«

Er hatte die Ruhe weg. Ein Psychologe eben. Der würde mich wahrscheinlich auch ganz ruhig ansehen, wenn ich ihm sagen würde, dass ich gerne Sportlehrer esse. Aber nur die durchtrainierten. Prompt reagierte mein Thalamus im Gehirn, wie er es für richtig hielt, und ich wurde rot im Gesicht. Super! Er hatte mal eben schnell über die Nervenbahnen Order an die Arterien gegeben, sich zu erweitern. Und ich? Ich fühlte mich ertappt und wurde rot. Also zwang ich mich zur Sachlichkeit.

»Der Hochstapler hatte einen einzigen Vorteil. Einen biologischen – und das war sein Aussehen. Und das unterstrich er gekonnt durch die Kleidung«, fing ich an.

»Das tun sie oft«, unterbrach mich Sigi. »Sie legen Wert auf den ersten Eindruck. Mehr kommt dann allerdings meistens nicht.«

»Stimmt, dieser hier hatte auch im Winter olivfarbene Haut, dunkles, bis in den Nacken reichendes Haar und durchdringende Augen und war von mittlerer Gestalt. Er trug einen schwarzen Gehrock mit Goldknöpfen von Versace, dunkle Hosen und eine Geschäftsmappe unter dem Arm. Dabei wurde er in

Castrop Rauxel geboren und nicht in Hong Kong, wie er vorgab. Aber seine Erscheinung war sein Kapital.

Er bot uns mit generöser Miene ein Office-Sharing an, da er bald nach Indonesien auswandern wollte. Es war für uns ein Traumbürohaus und ein Traumbüro. Dass das Bad Schimmelpilze beherbergte und das Parkett an einigen Stellen abgewetzt bis auf die Dämmschicht war, das merkten wir erst später. Nur über der Eingangstür streckte mir gleich beim ersten Eintreten eine hölzerne Gorgo ihre spitze Zunge entgegen. Ihr Fluch, so glaubte ich, galt nur für den, der Böses im Schilde führte. Das Treppenhaus war mannshoch mit weißem und schwarzem Marmor verkleidet, und entlang der breiten Holzstufen führte ein prächtig geschnitztes Treppengeländer. Dieses Berliner Haus verströmte den Duft der guten alten Zeit, wobei ich nicht benennen könnte, was an der guten alten Zeit tatsächlich *gut* war.«

»Erinnerungen«, murmelte Siegfried. »Erinnerungen sind das Stichwort.«

Er nahm einen dicken Maurerbleistift vom Regal, den offenbar ein Handwerker vergessen hatte, und schrieb schnell etwas auf den Umzugskarton, auf dem er saß. Dann sah er mich wieder an.

»Die Stufen waren in der Mitte mit Sisalteppich ausgelegt, feine Messingstangen hielten den endlos verlegten Teppich, der sich wie ein großer Wurm gemächlich treppab rollte. Die Bürotür war herrlich geschnitzt, und sein Mitarbeiter, der Herr Engelke, der öffnete mir. Aber der war bald verschwunden.«

»Engelke hieß der?«

»Ja.«

Sigi notierte.

»Herr Engelke brachte mir meinen ersten Cappuccino in unserem neuen Büro und dazu eine kleine Zuckerdose aus elfenbeinfarbenem Porzellan mit einem Röschendeckel.« Ich trank noch ein Schlückchen Weißwein.

»Das zweite Mal traf ich den Hochstapler mit dem Namen Frank-Hermann Schröder in seiner Galerie. Sie befand sich nicht im Künstlerviertel der Stadt, wie man annehmen könnte, sondern in einem Grandhotel. Neben dem Foyer waren ausgesuchte Läden mit Preziosen, Haute Couture-Mode, handgemachten Schuhen, Yachten zum Kauf oder zur Miete und eine Juwelengalerie. Das war seine. Zögernd durchschritt ich damals das Foyer. In welche Welt war ich denn hier geraten? Ich suchte den Eingang zur Galerie und tastete an den Scheiben herum. Er saß hinter einem winzigen Pult, auf dem er Schmuckstücke putzte: einen herzförmigen Anhänger mit Südseeperle und Princess-Diamant, einen Ring in Rot- und Weißgold mit einem Brillantpavée und einen Armreif aus Ebenholz mit Tahitiperle. Die kleinen Schildchen mit den Preisen lagen daneben. Er sah hoch, als ich eintrat. Auf seinem Platz lag eine Zeitschrift, die tatsächlich den Titel hatte: *50 Unique Jewelers – Einzigartige Schmuckgeschäfte*.

Schmuck hat mich noch nie interessiert, nur Perlen finde ich ganz nett. Aber kaufen würde ich sie mir auch nicht. Also hatte ich zumindest thematisch die Ruhe weg und trank einen Kaffee mit ihm in seiner Galerie. Die ausgestellten Juwelen seien Schmuckstücke von großen Künstlern, sagte er mir damals. Besonders Henry Duncan sei ein Begriff in der Szene.«

»Henry Duncan«, murmelte Sigi und notierte. Er machte das wirklich nett. Eine Sitzung bei einem Therapeuten stellte ich mir so ähnlich vor.

»Ich wusste damals nicht, wer Henry Duncan war. Sein Name klang für mich wie eine Herrensockenfirma oder ein alter Whisky aus Eddie's Whisky Destille um die Ecke.«

Wir lachten beide.

»Er kannte die Künstler von einer Schmuckbörse in Baden-Baden. Die Stücke kosteten ein Vermögen. Aber er war der Meinung, dass in dem Hotel die Klientel sei, die sie sich leisten könnte. Sicherlich, es war ein Grandhotel. Aber ich sah nur Geschäftsreisende und einige neugierige Touristen, die ängstlich hofften, dass die Rechnung für den Kaffee nicht ihr Jahresgehalt auffressen würde. Ich sah weit und breit keine Scheichs oder wen auch immer, denen ich solche Käufe zutraute. Aber er musste es wissen, denn schließlich hatte er dieses Geschäft aufgemacht.«

»Du hast einen guten Realitätssinn«, bescheinigte mir Siegfried. »Du hast ihn doch schnell durchschaut. Was kommt denn noch?«

»Sein Bild begann sehr langsam zu bröckeln, so nach einem halben Jahr in etwa. Wir trafen uns wieder in seiner Galerie. Er hatte noch immer dieselben Schmuckstücke in der Auslage, was mich verwunderte. Die Künstler seien nicht so produktiv, erklärte er mir. Außerdem stellte sich nun heraus, dass die Schmuckstücke in Kommission in der Galerie lagen. Kein Eigentum. Und irgendwann war in der Galerie kein Anschluss mehr unter der bekannten Telefonnummer. Als er nach einer Woche wieder im Büro auftauchte, wirkte er sehr angespannt. Und er sprach von seinem Hotelprojekt in Indonesien, das er nun unbedingt forcieren müsse. Zwei Villen seien schon gebaut worden, es sollten sieben werden. Der Bau stockte.«

»Hast du mal Fotos gesehen?«

»Ja, im Internet. Sie waren aber nicht sehr aussagekräftig. Und er erzählte weiter, dass er seine Firma in Deutschland verkaufen wollte. Er hatte eine Agentur, wie sich später herausstellte, für Objektversicherungen. Kurzum: er war ein Versicherungsvertreter. Er nannte sich natürlich nicht so. Er führte eine Agentur für Architektur-Versicherungen. Ich fragte ihn nach seiner Galerie im Hotel. Ich war ziemlich naiv, ich hatte wahrscheinlich noch ein wenig das Dusselige-Kuh-Syndrom.«

Sigi sah mich verwundert an. »Was ist das?«

»Ähem, erzähle ich später. Also, die Galerie war aufgelöst, sagte er mir. Unser Office-Sharing bliebe aber weiter bestehen. Irgendwann zog er in das kleinste Zimmer im Büro ein, nutzte weiterhin die gemeinsamen Einrichtungen wie Teeküche und Kopierer. Das mit dem Auswandern verzögere sich, sagte er. ›Ich habe den Verkauf der Firma noch nicht ganz abgeschlossen‹, hörte ich immer wieder. Wir mussten das so hinnehmen, denn überprüfen konnten wir seine Aussagen nicht. Außerdem hatten wir genug mit uns und der Auftragsakquise zu tun. Sein kleines Zimmer machte für uns räumlich auch keinen Unterschied. Also war es fast egal, ob er da war oder nicht. Aber Schröder wollte schon mal eine erste Abschlagszahlung für die Übertragung des Büros von uns haben. Für das Fischgratparkett, das angeblich von ihm für 20.000 Euro verlegt worden war. Außerdem hätten wir für ein Büro in der Lage immer eine Maklercourtage bezahlen müssen, falls wir es überhaupt bekommen hätten, schärfte er uns ein. Uns kam der geforderte Betrag dennoch überhöht vor. Aber was sollten wir machen? Bei dieser Gelegenheit fragte ich nach, wann er uns endlich – wie versprochen – mit dem Vermieter des Büros bekannt machen wollte, damit wir mit diesem die Übernahme regeln könnten. Aber Schröder wiegelte ab. Das sei noch nicht der richtige Zeitpunkt. Er müsse erst wissen, wann er auszöge. Das hatte meines Erachtens nichts miteinander zu tun und war an sich eine absurde Behauptung, denn wir bezahlten bereits die gesamte Miete des Büros und hätten unseren Stand auch gerne offiziell legalisiert. Als Untermieterin fühlte ich mich in einer etwas wackligen Position. Und er hatte den Zeitpunkt schon mehrere Male hinausgezögert und uns immer wieder vertröstet.«

»Du argumentierst gut. Warum bist du nicht auf ihn zugegangen?«

»Es ergab sich in den nächsten Tagen ganz von alleine. Der Postbote klingelte an der Haustür. Schröder rührte sich nicht, obwohl er da war. Ich stand auf und ging zur Tür. Der Postbote hatte einen blauen Brief in der Hand. Das Einschreiben nahm ich nicht an, aber am nächsten Tag hatte Schröder weniger Glück. Der Postbote traf ihn im Treppenhaus und gab ihm gleich zwei blaue Briefe mit, die er noch entnervt in den Händen hielt, als er im Büroflur erschien. Auch Herr Engelke kam eines Tages nicht mehr. Und mit ihm ging das Passwort für die Computeranlage. Denn Schröder hatte ihm mehrere Monatsgehälter nicht gezahlt.«

Ich trank noch zwei Schlückchen Weißwein. Da erzählte es sich einfach besser.

»Der Niedergang war unabwendbar. In Schröders Büro, seinem Zimmer, seinem Schlafraum, alles in einem, das immer unverschlossen war, sah es aus wie nach einem Wirbelsturm. Alles lag durcheinander. Ich zog an einem Morgen einfach die Tür zu, weil es mir unangenehm war, dies anzusehen. Wie konnte man nur in einem solchen Chaos leben? Und dieser Mann wollte ein Ästhet sein? Der wollte eine Perlenfarm in Asien besitzen und elitäre Schmuckstücke aus schwarzen Tropfenperlen entwerfen? Der hatte eine Juwelengalerie? Der hatte einen Fimmel und war nicht ganz dicht!

Irgendwann wollte er mir dann auch noch eine seiner drei Eigentumswohnungen verkaufen, damit ich nicht mehr zur Miete wohnen müsste. Ich sah mir den Bauplan an. Er bot mir tatsächlich eine dunkle, 36 qm kleine Parterre-Wohnung mit zwei Schaufenstern und ohne Badezimmer an! Das Bad und das Klo erreichte man nur über den öffentlichen Hausflur! Da könntest du auch einen Laden rein machen, sagte der doch glatt zu mir. Toll, bei den großen Schaufenstern hätte ich gleich Übertragungsrechte verleihen können für den Big-Brother-Container. Ich im Nachthemd, ich beim Frühstück, Mopsi beim Gähnen, ich beim Gähnen, ich beim Lesen und so weiter …«

Sigi schüttelte den Kopf.

»Die Bombe platzte eines Morgens, als ich unter dem Kopiererdeckel ein Schriftstück fand, das sich als Zwangsräumung unseres Büros herausstellte. Und zwar für den nächsten Montag, also in fünf Tagen. Etwa 12.600 Euro standen an Miete aus. Er hatte von uns das Geld für die Miete genommen und nicht an den Vermieter weitergereicht. Und es war bereits das zweite Mal. Die erste Zwangsräumung hatte er mit unserer Abschlagszahlung für das Parkett abwenden können. Jetzt aber wollte ihn der Vermieter nicht mehr. Und als wir dort anriefen, um die Wohnung zu übernehmen, da wusste er nicht einmal, dass es uns gab. Schröder hatte nie von uns gesprochen. Wir lebten illegal in der Wohnung, ohne es zu wissen.«

Wieder hörte sich meine Stimme belegt an. Ich räusperte mich. Vor Sigi hatte ich mich regelrecht in Rage geredet. Das war mir ein wenig unangenehm. Emotionen dieser Art zeigte ich nicht gerne. Sie entlarvten mich. Außerdem breitete ich vor ihm gerade einen Teil meines Lebens aus. Und nicht gerade den schönsten Teil. Probleme und Desasterberichte waren sonst nur meiner Freundin vorbehalten. Was machte ich hier eigentlich?

»Na ja, und das war es dann. Wir sind ausgezogen. War auch besser. Die Wohnung musste dringend renoviert werden. Schimmelpilz und so.«

Sigi sah mich interessiert an. »Wer war *wir*?«, fragte er jetzt.

Das auch noch! Er wollte aber auch alles ganz genau wissen.

»Unser kleines Presse- und Redaktionsbüro«, sagte ich, »das wir uns mit vier Leuten teilten.«

»Haben andere Menschen mit dem Schröder auch solche Hochstapler-Geschichten erlebt?«

Ich nickte. Eigentlich hatte ich genug erzählt. Sigi saß noch immer gespannt vor mir und sah mich mit einem geradezu liebevollen und aufmerksamen Blick an. Eine Analyse?

Ich erzählte also weiter: »Eine Bekannte hat mir viele Jahre später eine Geschichte erzählt, die sie mit ihm zum Thema Beruf erlebt hatte. Sie wohnten einander gegenüber, und Schröder klingelte eines Tages bei ihr, um sich eine Leiter auszuleihen. Frau Hermes öffnete. Sie ist eine honorige, rundliche, aber echt pfiffige Frau. Sie hat sich stilvoll und überaus opulent in ihrer Wohnung eingerichtet. Bereits in der Diele empfängt dich eine Barock-Recamiere, auf der mehrere Kissen auf Besucher warten, und auf den Tischchen in ihrer Wohnung sind kleine Stilleben aus Vasen, Blumen, Statuen und asiatischen Mitbringseln kunstvoll arrangiert. Die gesamte Wohnung, einschließlich Küche und Bad erscheint wie aus einer anderen Zeit und ist das pure Gegenteil von modernem, kühlem Design. Sie ist Unternehmensberaterin und lebt mit ihrer studierenden Tochter zusammen ohne Mann. Die zwei Frauen haben sich ohne die pragmatische Ader eines anwesenden Mannes ein herrliches Schlösschen in einer Altberliner Etagenwohnung eingerichtet. Mit zahlreichen Erinnerungsstücken, steinbesetzten Bilderrahmen der Eltern und kleinen Lieblingsstücken aus Keramik.«

»Erinnerungsstücke?« Sigi horchte auf. »Und dann kein Mann dabei?«, fragte Sigi. »Aber warum, sagst du, sind Männer pragmatisch?«

Die Frage war berechtigt. Siegfried Wagner war alles andere als pragmatisch. Und er war ein Mann, also stimmte meine Aussage nicht. Seine fein aufgewickelten Schinkenröllchen mit Spargel und sein reizender, bis ins Detail arrangierter »Umzugsimbiss« waren alles andere als pragmatisch.

»Jedenfalls war Schröder von der Einrichtung begeistert. Im Nachhinein glaube ich aber eher, dass ihn die Vorstellung begeisterte, dass hinter dieser gelebten und nicht nur zur Schau gestellten Opulenz auch das entsprechende Kleingeld zu erwarten war. Er gab sich charmant und tänzelte im Flur herum.« Ich begann vom Weißweinrausch belebt ein Rollenspiel mit verschiedenen verstellten Stimmen zu intonieren.

»›Was für eine schöne Einrichtung‹, flötete Schröder.

›Ja‹, sagte die Nachbarin einsilbig.

›Ach, das gefällt mir allzu gut‹, sagte er und wies auf ein kleines Meeresaquarell in goldenem Rahmen.

Sie nickte. Zumindest sagte sie nichts, so hat sie es mir berichtet.

›Wir müssen unbedingt mal in Ruhe zusammen einen Kaffee trinken‹, sagte er. Und strich ihr galant über die Hand. Er tätschelte regelrecht ihre Hand, erklärte sie mir später.

›Wozu? Was will der von mir?‹, dachte sie sich dabei. ›Ich könnte bald seine Mutter sein.‹

›Und Sie haben so schöne Kunstwerke‹, girrte er.

Darauf steuerte sie schließlich doch eine Frage zum Gespräch bei: ›Verstehen Sie was davon? Handeln Sie mit Kunst?‹

Gespielt entrüstet zeigte er sich da, erzählte sie mir, und dann kam der absolute Knüllersatz:

›*Ich handle nicht mit Kunst. Ich sammle sie. Und außerdem habe ich noch eine Juwelengalerie im Grandhotel.*‹

Und dann machte er ein wichtiges Gesicht und warf den Kopf in den Nacken. Für diese bescheuerte Schnöselantwort und die affektierte Manier hat sie ihm die Leiter nicht ausgeliehen. Strafe muss sein.«

»Finde ich auch«, sagte Sigi. »Und dann?«

»Nichts und dann. Der Hochstapler ist aus meinem Leben und aus dem Leben der Nachbarin verschwunden. Sang- und klanglos. Für einen großen Abgang oder Abgesang hat es eben nicht mehr gereicht«, sagte ich.

Sigi rieb versonnen die Fingerspitzen aneinander. »Interessant ist, dass du schon während der Kennenlernphase Dinge wahrgenommen hast und in der Erzählung eben zum Beispiel mit den Worten *Gorgo am Türsims, das Böse, das nur dem geschieht, der Böses denkt, der große Teppichwurm im Treppenhaus* ...«

Ich unterbrach ihn. »Ich habe einfach nur eine lebhafte Phantasie.«

»Und die Zuckerdose mit dem Röschendeckel ...«

Dazu sagte ich nichts. Jedes Wort könnte hier gegen mich verwandt werden. Zudem hatte mir meine Erzählung die Laune verdorben. Sie erinnerte mich daran, wie ich mich von einem Lügner hinters Licht führen ließ. Ich war verstimmt, wollte in meine Wohnung gehen, endlich duschen, und weckte Mopsi auf meinem Schoß auf. Der sah mich verwundert an. Er war offensichtlich nicht der Meinung, dass wir jetzt gehen sollten.

Sigi hingegen war begeistert. »Darf ich die Geschichte verwenden?« »Gerne«, sagte ich, »wenn es dich glücklich macht.«

»Macht es, danke«, sagte er und küsste mich rechts und links auf die Wange. Und nicht so hingehaucht, wie es die Franzosen taten, sondern richtig mit Schmackes. Seltsamerweise ging es mir danach wieder prächtig.

Ein Friseur und andere Enttäuschungen

Ich wollte schön sein an dem Abend von Sigis Fete. Unter fünfzig eingeladenen Gästen musste ich ihm auffallen, da war die Konkurrenz groß. Also saß ich bei meinem Friseur und schaute in den hell erleuchteten Spiegel. Dunkelblaue Augenringe entdeckte ich bei dem Licht. Und Falten, die ich bisher nie gesehen hatte. Ich kam mir vor wie die 96-jährige Irene Sinclair, die für die Kosmetikfirma Dove ihre Gesichtsfalten ins rechte Kameralicht hielt. Und beschloss, in meinem Badezimmer nie ein Licht wie beim Figaro installieren zu lassen. Ich wartete weitere fünf Minuten, doch der Meister selber hatte keine Zeit für mich. Ein junger Mann übernahm die Aufgabe, die, da war ich mir ganz sicher, sich der Chef nicht antun wollte.

Marco löste die Strass-Schmetterlinge aus meiner pfiffigen Hochsteckfrisur, und die spärlichen Locken fielen auf meine Schultern. Über fünfzig Zentimeter Länge, auf die ich bis eben noch stolz gewesen war.

»Wie lange tragen Sie denn schon langes Haar?«, fragte Marco unschuldig.

»So ungefähr fünfzehn Jahre in dieser Länge«, sagte ich.

»Wollen Sie nicht einmal was anderes ausprobieren?«

»Warum?«

»Na, ich meine ja nur. Vielleicht etwas, das nach mehr Volumen aussieht?«

Mehr Volumen? Vorsicht, junger Mann. Das Eis wurde dünn!

»Wenn ich das so sagen darf. Die Substanz ist schon nicht mehr so dicht.«

»Das wird nicht mehr, wenn ich es abschneide«, maulte ich leise.

Er bürstete meine paar Locken. Die würden auch nicht mehr werden durch eine Energie-Infusion von L'Oréal, dachte ich. Some have it, some don't.

»Sie können es sich ja noch überlegen. Da gibt es viele Möglichkeiten.«

Ich zeigte in dem vor mir liegenden Hochglanzmagazin auf die Frisur, mit der Farrah Fawcett in »Drei Engel für Charlie« das Publikum begeistert hatte. Bombenvolumen, aber kürzer als meine Haare. Ich war also bereit, ein wenig Länge zu opfern.

»Geht das?«

Marco schüttelte mitleidig den Kopf. Dann sagte er versöhnlich: »Das geht nur auf dem Foto.«

»Dann will ich keine neue Frisur«, sagte ich beleidigt.

Es gibt kaum etwas Entwürdigenderes als der eigene Anblick im Spiegel mit Foliensträhnchen im Haar. Ich sah aus wie ein Außerirdischer mit einem viel zu großen Kopf, und dann noch der riesige Friseurumhang! Es war eine Kapitulation der Schönheit. Tja, ich brachte zwar nicht gerade im rosa Bunny-Frotteeanzug den Müll zur Tonne, aber mein Favorit durfte jetzt nicht in den Frisiersalon kommen. Doch es war ein echter Glückstag!

Sigi kam fröhlich und, weil er neu war, ein bisschen unsicher in den Laden und ging auf den Chef hinter dem Tresen zu.

Ich saß genau mit dem Rücken zu ihm und rutschte im Frisierstuhl immer höher. Denn je höher ich rutschte, desto mehr verschwand mein Gesicht in dem Warmluftgerät, das die 120 Foliensträhnen temperieren sollte.

»Nehmen Sie noch kurzfristig jemanden an?«, fragte Sigi.

Hans Haarmonie nickte.

Und beide gingen auf die andere Seite des Frisiersalons. O Gott, dachte ich. Berlin ist so groß, und ausgerechnet Sigi muss zum gleichen Friseur gehen wie ich. Es stimmte also doch: der Mensch suchte sich in einer Großstadt seine für den Alltag notwendigen Versorgungsquellen in einem Radius von fünfhundert Metern. Immer im gleichen Kiez. Hoffentlich waren die eher fertig als ich. Wenn ich zu den Waschbecken gehen musste zum Abspülen der Strähnen, dann würde er mich sehen. Ich würde auch über eine neue Frisur nachdenken. Das schwor ich.

Ich hatte Glück. Ein Herrenschnitt ging wie nix. Bei Sigi offensichtlich auch. Aber plötzlich fing mein Heizgerät für die Strähnchen laut zu piepen an, die Zeit war um. Und ich sah bei einem Blick in den Spiegel, dass Sigi und Hans Haarmonie kurz zu mir herüberschauten. Aber nur ganz kurz, dann hatten sie das Interesse an dem unförmigen Alien unter dem tonnenförmigen Frisierumhang verloren.

Doch jetzt kam Marco und rollte das Wärmegerät weg. Meinen Sichtschutz! Und Sigi würde jeden Augenblick aufstehen und zum Bezahlen an den Tresen kommen, und dann würde er mich sehen, und dann ... Ich nahm die größte Zeitschrift, die ich vor mir auf dem Tischchen fand, DIN-A3 mindestens, und hielt sie mir vor das Gesicht. Ich tat so, als ob ich die neuen Frisuren studierte. Dadurch sah mich zwar Sigi nicht, aber ich verließ den Friseurladen mit drei rosafarbenen Strähnchen im Haar, weil Marco dachte, ich hätte doch noch Lust auf was Neues bekommen. Sie verliehen meiner Frisur nicht nur mehr Substanz, sondern, gelinde gesagt, ich war reif für eine Zirkusaufführung.

»Wie kommst du bloß auf solche Ideen?«, fragte mich Moni, als ich vor ihr auf einem Hocker in meiner Espressoküche saß und sie mit einer Rohrzange versuchte, die Verschweißungen der drei Extensions aufzuknacken.

»Ist eine etwas längere Geschichte«, murmelte ich und aß vier Mon Chéri mit der Piemontkirsche, deren Papier ich bedächtig zusammenfaltete. Meine Seelennahrung bei Unglücksfällen.

Aber der Tag war noch nicht rum.

Nachdem wir die Extensions aus meinen Haaren herausgezerrt hatten, wobei noch mehr Haarsubstanz verloren ging, waren wir reif für einen Besuch in Mike's Laden, um mir eine neue Jeans zu kaufen. Mein Himbeersirupfleck von Sigis Berliner Weiße war nämlich bei der Wäsche aus meiner alten Jeans nicht herausgegangen.

»Welche Größe tragen Sie denn so?«, fragte mich die Frau mit dem Maiskornpopo. »40 oder 42?«

Ich wusste nicht, was schlimmer war. Dass sie *Sie* zu mir gesagt hatte oder mich in der Konfektionsgröße 42 vermutete.

Moni wollte eingreifen, aber es war schon zu spät.

»Wir haben hier eine Jeans, die passt Ihnen bestimmt. Da ist ganz viel Stretch drin.« Na prima. Sie hätte auch sagen können: Das ist unsere größte Jeans in diesem Laden. Wenn Ihnen die nicht passt, dann können wir Ihnen auch nicht weiterhelfen.

Ich verschwand hinter dem Vorhang der Umkleidekabine. Und was soll ich sagen? Selbst in dieses halbe

Hauszelt der Heilsarmee passte ich nicht rein. Zudem riss ich beim Hochzerren die Schlaufe ab, die bei einem Cowboy sonst den derbsten Ledergürtel auf Hüfte hielt. Die Jeans war nicht nur zu klein, ich hatte sie auch noch ruiniert und war den Tränen nahe.

»Dabei merke ich doch an meinen Röcken, ob ich zugenommen habe oder nicht«, sagte ich draußen vor Mike's Laden weinerlich zu Moni.

»Wir suchen uns ab heute einen anderen Jeansladen. Beschlossene Sache. Einen, wo es noch echte Levi's 501 gibt und nicht solche eingelaufenen Modefummeljeans mit Strass.«

»Ehrlich?« Ich strahlte Moni an. Dass sie meinetwegen einmal auf Mike's Laden verzichten würde, der ihr doch immer die schrillsten und buntesten Hemden organisierte, das war ehrenwert. Freundinnen waren schon Spitze. Auch wenn Moni in Zukunft nur noch heimlich zu Mike ging und mich verleugnete, wenn er nach mir fragte. Sisi? Die wohnt hier nicht mehr. Das musste sie mir ja nicht erzählen.

Damit war ich noch einmal an den fettfreien Kohlsuppendiät-Tagen, wahlweise Zitronenwasser-Mahlzeiten, sowie den straffenden Pilates-Übungen knapp vorbeigeschliddert. Zu Hause probierte ich drei meiner Röcke an, und alle passten. Mal mehr, mal weniger, aber sie passten. Also gab es keinen Grund zur Beunruhigung.

Papperlapapp!

Norah Jake war schlank wie ein biegsames Schilfrohr. Ihre Haut war samtig braun und ihre Fesseln schmal wie bei einem hochgezüchteten Rennpferd. Ihr silberfarbenes Paillettenkleid floss wie eine zweite Haut um ihren Sanduhr-Körper und hatte einen Ausschnitt, der bis zum Po reichte. Sie stand in der Tür von Sigis Wohnung und begrüßte lächelnd mit perlweißen Zähnen die geladenen fünfzig Gäste.

Ich wollte mich im Hausflur sofort auf dem Absatz umdrehen, aber Moni stand hinter mir und ließ mich nicht zurückgehen. Sie konnte sich ganz schön breit machen, wenn es darauf ankam. Sie schüttelte langsam den Kopf, was so viel bedeutete wie: da gehen wir jetzt trotzdem rein und werden viel Spaß haben. Obendrein riss sich in diesem Moment Mopsi von seinem neuen Halsband los, das offensichtlich zu groß war, und flitzte in Sigis Wohnung. Das auch noch! Schon hörten wir schrille Entzückensschreie und Ausrufe wie »Ach, ist der niedlich. Gib ihm doch mal ein Stückchen«. Mopsi hatte also bereits das Buffet entdeckt. Wahrscheinlich war es hundertmal so groß wie unsere kleine Zwischenmahlzeit beim Regalzusammenbau und vermutlich hatte Sigi diesmal gekocht. Und vermutlich hatte ihm Norah Jake assistiert oder lasziv ins Ohr gesummt. Und sicherlich war Sigi der Typ Mann, der den Kids ein zuckerfreies Ketchup selbst machte. Aus Biotomaten, versteht sich. Und das Ganze in einem versilberten Ketchupkännchen servierte, damit auch das Erwachsenenauge seine Wonne hatte. Wut!

Moni schob mich durch die Gäste zum Tisch mit den Getränken und der Rumbowle und füllte uns zwei, drei eingelegte Rumfrüchte in die Sektschale, die sie dann flink mit Sekt auffüllte. Sigi war nirgends zu sehen, das war auch besser so.

»So viele Regale habt ihr zwei zusammen aufgebaut?«, fragte Moni, um irgendetwas zu sagen. Ich nickte schweigend.

Wir saßen in einer Nische des Wintergartens und beobachteten die Gäste. Ein wildes Durcheinander von Studienkameraden aus seiner Heimatstadt, Patienten, Kollegen und einem FAZ-Journalisten, der sich für Moni interessierte. Er kam zu uns in den Wintergarten. Für mich der rechte Zeitpunkt aufzustehen und noch einmal mein Glas mit der Rumbowle Bekanntschaft schließen zu lassen. Diesmal pur ohne Sektverdünnung. Als ich wieder in den Wintergarten zurückkehrte, sprachen Moni und ihr Journalist gerade über seine Scheidung und Beziehungskrisen im Allgemeinen. Mein Thema! Oder zumindest das Thema meines bis dato unveröffentlichten Manuskriptes, von dem ganze neunzehn Seiten existierten. Ich weiß nicht, was mich veranlasste, mich in das Gespräch einzumischen. Der Ärger über die gazellengleiche Norah Jake? Die bislang ausgebliebene Begrüßung durch den Gastgeber Herrn Dr. Siegfried Wagner?

»Männer kommen nach einer Trennung meist schnell klar und suchen sich fix wieder eine neue Putz- und Kochhilfe. Das ist meiner Meinung nach für Männer die wichtigste Aufgabe einer Partnerin. Zumindest haben das die Italiener als Erste erkannt.«

Moni und ihr neuer Bekannter stutzten und sahen mich ratlos an.

»In Italien werden die Jungs wie kleine Könige erzogen, die nix, aber auch gar nix im Haushalt tun müssen, bis Amore kommt, die sie heiraten. Die kocht und wäscht dann, was zuvor mit Freuden jahrelang Mama gemacht hat. Zieht Amore entnervt aus, was inzwischen in den besten italienischen Familien vorkommt, und reicht die Scheidung ein, steht der Italiener schlecht da. Wie bedient Mann eine Waschmaschine? Wie lange kochen Spaghetti? Das wissen die gar nicht!«

»Wie kommen Sie auf die Idee?«, fragte mich jetzt der Journalist.

»Es gibt das erste Männerhaus für verarmte, geschiedene Männer in Bozen. Und da steht nicht etwa eine psychologische Betreuung nach dem Aus einer Partnerschaft an. Oder werden Koch-, Back- und Waschkurse gegeben, damit der Mann alleine im Haushalt klarkommt. Nein, weit gefehlt. Hier kriegt der Mann wieder täglich was Warmes zum Essen serviert und gute, saubere Logis obendrein. Alles gegen ein kleines Entgelt. Und wieder muss Mann nix selber tun. Oder gar lernen«, echauffierte ich mich. Oder war ich verbittert? Bloß das nicht, das gab Falten und Riefen an Stirn und Wangen!

»Es ist eine besondere Schwierigkeit, speziell für die italienischen Männer, plötzlich ohne weibliche Hilfe in Küche und Haushalt auskommen zu müssen«, sagte der Journalist betont langsam. »Was Sie da so schön kommentieren, das ist mein Artikel aus der FAZ vom 5.12.2004. Freut mich, dass Sie ihn gelesen haben. Aber die Intention meines Artikels ging eigentlich mehr in die Richtung, dass ich zeigen wollte, wie sehr die Männer auf eine Frau angewiesen sind und wie schwer es ihnen fällt, ihren Tagesablauf, also ihr Leben, ohne Frau zu strukturieren«, sagte er.

»Papperlapapp«, murmelte ich und kochte innerlich. Ich war nun wirklich keine Emanze oder was auch immer, ich hatte mir für heute Abend ein hellblaues Neckholderkleid gekauft und goldfarbene Riemchensandaletten und den Mut besessen, beides auch tatsächlich anzuziehen. Aber wenn ich den so reden hörte, dann hätte ich ihm am liebsten meine aufblasbare Anti-Stress-Keule auf den Kopf gehauen. Die aus dem Buchladen Hugendubel für 6,50 Euro.

Ein Innenarchitekt mit seiner blonden Hungerkünstlerin kam zu uns in die Nische und lobte Sigis Wohnungseinrichtung. Ich sah vor lauter Menschen nichts.

»Diese Lichtkegel von diesem Halogen-Strahler, einfach …«

»Innovativ«, hauchte der Hungerhaken.

»Das Prinzip von Linsenscheinwerfern auf die kleinstmögliche Abmessung komprimiert.«

»Neuartige Optik«, ergänzte das blonde Federgewicht, »stufenlos verstellbar von Spot zu Flood.« Und bei *Flooood* schürzte sie ihre kirschroten Lippen und küsste den neuen Albert Einstein der Innenarchitekten.

»Gibt es auch als Stehleuchte«, girrte sie, nachdem sie sich wieder von seinen Lippen gelöst hatte.

Das war mir nun doch zu anzüglich. Stehleuchte! Frechheit!

Sigi Wagner bahnte sich den Weg durch die Gäste zu uns in den Wintergarten. »Da bist du ja, ich habe dich überall gesucht«, rief er außer Atem. »Komm schnell, es stimmt was nicht mit Mopsi.«

Mopsi? Mein Mopsi? Ich war hellwach, die vernebelnde Wirkung der Rumbowle war wie weggeblasen.

»Mein Mopsi? Wo ist er?« Ich hatte ihn tatsächlich seit einigen Stunden nicht mehr gesehen. Normalerweise weicht er mir auch auf Festen nicht von der Seite.

Sigi ergriff meine Hand und zog mich hinter sich her.

Am Buffet hatte sich eine Menschentraube gebildet. Aber sie betrachteten nicht den meterlangen, mit Köstlichkeiten beladenen Tapeziertisch, der es verdient hätte. Er bog sich unter den feinen Delikatessen. Alles ein wenig spezieller als gewöhnlich. Eindeutig Sigis Gourmetmotto.

Alle guckten auf meinen Hund. Jemand hatte ihn auf ein Kissen gelegt, seine Augen waren geweitet, er atmete schwer und die Zunge hing ihm bläulich aus dem Mäulchen.

»Mopsi«, ich ließ Sigis Hand los, kniete neben Mopsi nieder, nahm ihn auf den Arm. Wie schwer er war! Er schaute mich kaum an, seine Augen waren ganz trübe und blickten in die Ferne.

»Er muss zu einem Tierarzt. Zum Tierarzt«, rief ich, »Moni, schnell!« Und tatsächlich war Moni wie in vielen Notfällen sofort in der Nähe.

»Ich fahre dich«, sagte sie ohne zu zögern.

»Ich komme mit«, sagte Sigi.

»Ich auch«, sagte der Journalist, der übrigens Peter hieß.

Und so fuhren wir mitten in der Nacht mit einer Wahnsinnsgeschwindigkeit in Monis Ente, dem alten Hans, durch Berlins Einbahnstraßen zu Doktor Siemens.

Der stand schon im weißen Kittel im hell erleuchteten Flur und nahm mir sofort den Hund ab. Mopsi konnte auf dem Behandlungstisch gar nicht stehen. Er fiel gleich um. Dr. Siemens tastete ihn ab. Mopsi fiepte leise, in seinem Inneren gluckerte und rumorte es.

»Was hat er gefressen?«

»Ich weiß es nicht. Wir waren auf einer Party. Er war beim Buffet, er könnte alles gefressen haben.«

»Alles, vermute ich«, bestätigte Siegfried. »Und nicht wenig.«

Dr. Siemens horchte an Mopsis Herz.

Mir wurde schwindelig.

»Ich brauche jemanden, der den Hund hält. Es ist ziemlich eindeutig. Er hat sich überfressen. Ich muss den Magen auspumpen. Das ist bei so einem kleinen Kerl nicht leicht.«

»Ich halte ihn«, sagte ich.

Dr. Siemens sah mich fragend an. Ich saß mit blassem Gesicht in meinem hellblauen Neckholderkleid zusammengesunken auf einem hölzernen Praxisstuhl. Der Tierarzt kannte das schon. Wenn Mopsi krank war, war ich es auch. Dr. Siemens öffnete flink einen kleinen satinierten Glasschrank mit rotem Kreuz, in dem sein persönlicher Alkoholvorrat als Bordapotheke getarnt war. Damit therapierte er bei Bedarf die Besitzer seiner vierbeinigen Patienten gleich mit. Für mich gab es ein Glas Portwein. Sigi hielt den Hund, während Dr. Siemens ihn leicht narkotisierte. So ähnlich wirkte der schwere Portwein auch auf mich. Frauchen und Hund mit gleichen Symptomen, aber unterschiedlichen Ursachen.

Moni und Peter saßen im Warteraum unter den Hamster- und Meerschweinchenpostern und unterhielten sich derweil prächtig über die Heilwirkung von Steinen bei Liebeskummer, wie sie mir später berichtete. Sigis Fete und Mopsis Notfall wurden für Moni zum Volltreffer: Sie hatte sich verliebt. Und Peter auch.

Dr. Siemens machte sich an die Arbeit, und ich stellte mich neben den Behandlungstisch und streichelte Mopsis Pfote. Trotz Portwein.

»Ich hänge an dem süßen Hund«, jammerte ich. »Er gehörte meinem Opa. Er ist ganz tapfer vom Land mit mir nach Berlin gezogen.« Und dass Mopsi nicht schon längst unter einen Bus oder ein Auto geraten war, so naiv wie er war, grenzte an ein Wunder.

»Der wird wieder«, sagte Dr. Siemens ruhig. »Er ist eben ein klein bisschen verfressen. Aber sein Herz ist stark, die Lungen kriegen wir auch wieder frei. Und nach ein paar Tagen Schonkost wird er ganz der Alte sein. Sie werden schon noch ein paar Jährchen Freude aneinander haben.«

»Dass er so viel gefressen hat! So etwas macht er sonst nie«, sagte ich überflüssigerweise. Sigi sah lächelnd zu mir rüber und hielt den Brustkorb von Mopsi fest umklammert, als gehe es um Leben und Tod. Letztendlich war es ja auch so.

Die Rückfahrt vom Tierarzt war weniger rasant, aber ziemlich kalt. Der alte Hans heizte nicht sehr gut, und wir spürten nun ganz deutlich, dass wir in der Aufregung unsere Mäntel vergessen hatten. Und in meinen hellblauen Pashmina hatten wir Mopsi eingewickelt.

Im Treppenhaus schallte uns Musik entgegen. Sogar der lärmempfindliche Anti-Aging-Experte aus der Wohnung nebenan stand an der Sektbar. Er hatte sich selbst eingeladen. Aber das war besser, als wenn er nörgelnd die Polizei angerufen hätte. Die Party in Sigis Wohnung war auch ohne Gastgeber in vollem Gange.

»Die haben mich auch vorher nicht vermisst, als ich die ganze Zeit in der Küche Crème brûlée flambiert habe«, kommentierte Sigi nüchtern, als wir vier in meine Wohnung gingen. Ich schon, dachte ich, sagte aber nichts. Norah Jake hatte gerade ihren großen Auftritt. Sie – oder sollte ich lieber sagen: er? – interpretierte Songs von Marianne Rosenberg in leicht jazzigem

Ton. Sie oder er war der Star des Abends und ein alter Studienfreund von Sigi, der sich selber keine Musik-Show zutraute. Schon gar nicht in diesem Outfit. In meiner Wohnung hörten wir von Norah Jake nichts. Ein Prosit auf die gute alte Bausubstanz!

Ich legte Mopsi, der noch immer narkotisiert vor sich hin träumte, in sein Körbchen. Peter machte uns den Kamin an, und wir zogen uns die Sessel zum Feuer. Es duftete nach einem Tee mit Nelken und Orangenscheiben aus der Küche, den Moni fix für uns improvisiert hatte, während ich in meinen Schränken die reichlich vorhandenen Keksbestände ortete. Es war alles noch einmal gut gegangen.

»Wie findest du ihn?«, fragte Moni.

»Wen?«

»Na, deinen Nachbarn Sigi? Es war doch heldenhaft von ihm, gleich mitzukommen und seine Gäste alleine zu lassen. Zumal darunter auch potenzielle Kunden, äh, Patienten sind.« Sie lachte.

»Mmhh, nett war es wirklich. Das hätte er nicht tun müssen. Und Peter? Hoffentlich nimmt er mir meinen Ausrutscher über seinen Artikel nicht übel.«

»Im Gegenteil. Er hat sich gefreut. Endlich hatte er mal mitgekriegt, dass jemand diesen Artikel auch gelesen hat. Der war gar nicht lang und ist vermutlich kaum jemandem aufgefallen außer dir.«

Lang war der Artikel wirklich nicht gewesen. Ich erinnerte mich. Er stand links in der schmalen Spalte auf der Seite »Unterhaltung«.

Aber auf den Inhalt kam es an!

Paris, Marais und Gregory Peck

Drei Tage später war der Flug nach Paris zur Artdéco-Messe gebucht, den ich aufgrund von Mopsis Vollfutter-Desaster hatte absagen wollen. Aber er war schon am Tag danach wieder richtig fit und hungrig(!) gewesen. Und auch der Tierarzt Dr. Siemens hatte telefonisch keine Einwände, als ich ihm von Mopsis schneller Genesung erzählte. »Schonkost ist Pflicht«, sagte er noch, »dann können Sie durchaus reisen.« Also kamen teure Tüten mit »Adult Light Bio Flakes for Pets« mit und »Instant-Vital-Hunde-Pow«. Die Zutatenliste der Hundenahrung konnte ich beinahe genauso wenig aussprechen wie die Untertitel auf meinen Kosmetiktiegeln mit den Wirkstoff-Komplexen Fibrocyclamide oder Adenoxine. Das Micro-Dermabrasion Set, Rénergie Morpholift und Retin-Ox Correxion Nuit waren ebenfalls als Zungenübung zu empfehlen.

Sigi brachte uns beide zum Flughafen. Ein schönes, warmes Gefühl war das, als er mich zum Abschied küsste. Zum ersten Mal. Und sich dann heimlich durch den ersten Sicherheitscheck schleuste, um mit mir an der Bar noch einen Cappuccino zu trinken. Ein herrliches Gefühl dieser Kuss. Etwas, das ich fast vergessen hatte. Ich sah in seine blauen Augen und versank darin wie in einem wohligen Traum. Wenn er mir etwas erzählte – und er erzählte viel von seinen Patienten und seinem Leben –, hörte ich nicht nur aufmerksam zu. Ich beobachtete seine Gestik. Sein Kopfnicken, seine Art, den Espresso umzurühren und sich drei Löffel Zucker zu nehmen. Ohne Scheu oder schlechtes Gewissen. Warum auch? Er war es auch, der für uns beide Schokomuffins bestellte. Die dicken mit den ganzen Schokostückchen. Und ich aß gerne mit. Ich hatte mir immer einen Mann gewünscht, der es mochte, wenn es mir schmeckte. Ich hatte immer noch eine gute Bikini-Figur. Vielleicht nicht gerade schmal wie Esther Schweins. Aber gewiss gut proportioniert. Und ohne OP eine 75 B. Dafür war ich nicht groß, gerade mal 1,60 m, wenn ich mogelte. Sigi war auch kein Hüne, es passte also. Ich musste mich nicht auf die Zehenspitzen stellen, um ihn zu küssen. Und das war wunderbar.

Mopsi saß in seinem Reisetrolli und bearbeitete seine Plüschtomate. Als Sigi und ich uns küssten, drehte Mopsi sich verlegen zur Seite. Dabei wurde er zum Planespotter, einem jener Zeitgenossen, die mit Ferngläsern und Fotoapparaten bewaffnet stundenlang startende und landende Maschinen beobachteten, fotografierten und die Fotos archivierten und tauschten. Mopsi starrte aufs Rollfeld, ganz ohne Kamera. Und ich war mir sicher, dass er die Maschinen aus Kairo, Nowosibirsk und Singapur unterscheiden konnte.

Im Flugzeug dachte ich ständig an Sigi. An die Abschiedsszene, die ich wie in einem schmalzigen Liebesfilm in Zeitlupe noch einmal ablaufen ließ. Und ich dachte an den Tag, an dem wir uns kennen gelernt hatten. Der Tag, an dem ich mein Auto von der Polizei abholte und Mopsi Sigi ansprang. Offenbar hatte der kleine Hund eine Antenne für etwas, das mir komplett verborgen geblieben war. Zunächst zumindest. Mopsi hatte sich wahrscheinlich immer über meine Begriffsstutzigkeit gewundert. Null Checkung, würde der Auslieferer vom Sushi-Express dazu sagen.

Mopsi hatte die Plüschtomate als Kinnstütze beiseite gelegt und beschäftigte sich mit seinem neuen Kauknochen, den Moni ihm für die Reise zugesteckt hatte. Viel Knochen, viel Arbeit, aber wenig Kalorien, was bei ihm zum ersten Mal in seinem Leben von Bedeutung war. Er war wieder ganz der Alte, und der Flug schien ihm keine Probleme zu verursachen.

Nach einiger Zeit rührte sich Unmut im Flugzeug. Ich merkte das, obwohl ich versonnen für mich hinlächelte. Die Gespräche wurden lauter. Hüsteln.

Und dann ein Ausruf: »Was stinkt denn hier bloß so?«

Ich wusste von nichts und ließ die Zeitung sinken.

Der Steward kam näher. Hoffentlich war es kein Cleverle.

»Entschuldigen Sie, irgendetwas stimmt nicht. Sagen Sie, haben Sie Früchte an Bord?«

»Früchte? Nein. Ich habe meinen Hund Conrad dabei.«

»Nein, wir meinen nicht den Hund. Es riecht irgendwie so komisch.«

»Wie?«, fragte ich.

»Entschuldigen Sie, faulig würde ich sagen.«

»Wir haben nichts Fauliges mitgebracht«, sagte ich ein wenig entrüstet und spitzte mein Mündchen, wie ich es von Goscha kannte. Nur bei mir bedeutete das, dass es gleich Ärger gab. Und zwar richtig.

»Nun ja«, sagte der Steward kompromissbereit. »Vielleicht ist es zufällig in Ihr Gepäck gerutscht?«

»Wir haben unser Gepäck immer im Auge«, sagte ich nüchtern. »Da konnte wirklich nichts reinrutschen und niemand irgendetwas Fauliges verstecken. Was suchen Sie denn?«

»Wenn Sie mich fragen, riecht es wie die Durian-Frucht, zu Recht auch Stinkfrucht genannt. Die ist an Bord leider verboten, weil, nun ja, weil sie so faulig riecht. Wenn sie überreif ist.« Die chinesischen Kumquats, diese Mini-Orangen, die kannte ich. Aber Durian? Das reichte!

»Na, hören Sie mal, wir haben keine fauligen Früchte an Bord. Und schon gar keine überreifen!«, sagte ich.

Ein Mann aus der Sitzreihe schräg vor uns mischte sich charmant ins Gespräch ein und wollte den Moment zum anbandelnden Flirt nutzen. Ein denkbar ungünstiger Moment.

»Vielleicht«, sagte der Mann und lächelte zögernd, »wissen Sie nicht, dass Sie die Frucht dabeihaben?«

»Ich weiß ziemlich genau, was ich dabeihabe«, sagte ich wütend. Diese Kerle, hielten die mich für blöd oder was? Fast verfiel ich wieder in meine alte Männer=Lügner=Idioten-Gleichung.

»Darf ich denn mal zu dem Hund in den Trolli schauen?«, fragte der Steward vorsichtig.

»Gerne.«

Die Klappe an Mopsis Reisetasche wurde geöffnet. Er guckte den Steward missmutig an. Aber ein Mops guckte meistens ein wenig missmutig, insbesondere wenn man ihn des Stinkens bezichtigte. Das würde niemand mögen.

Der Steward zeigte auf den durchgelutschten Kauknochen aus gepresstem Pansen zwischen Mopsis Vorderpfoten. Okay, gut sah der nicht mehr aus, aber Mopsi war ja auch noch nicht fertig.

Ich wurde ein wenig verlegen.

»Wenn Sie das meinen? Das rieche ich schon gar nicht mehr …«

»Darf ich dies, entschuldigen Sie, entfernen?«

Er holte einen Plastikbeutel von seinem Saft-Wagen und reichte ihn mir.

»Komm, Conrad, gib ihn heraus. Ich kaufe dir in Paris einen doppelt so großen Kauknochen.«

Wir gaben uns geschlagen. 136 Passagiere an Bord dieser Boeing 737-300, vermutlich inklusive Pilot, Copilot und gesamter Bordcrew waren gegen uns. Der Sabbelknochen wurde also schnell in die Plastiktüte gesteckt und gut verknotet an den Steward überreicht. Den Rest des Fluges verbrachte Mopsi schlafend. Er musste seine Ressourcen auch mal schonen. Und ich fand es seltsam, dass ich keine Flüge mehr ohne Störung absolvieren konnte.

Ich dachte an Moni und an Sigi, die sich an Conrad Mopsi gewöhnt hatten. Die ihn sogar mochten und ihm, zugegeben, recht unappetitliche Kauknochen schenkten. Freunde sind Klasse, dachte ich, die nehmen selbst solche Eskapaden respektvoll und tolerant in Kauf. Und ich beschloss, den beiden ein kleines Geschenk aus Paris mitzubringen. Und sie in Zukunft mit Pansen-Kauknochen zu verschonen. Ich sollte meine Freundschaften, insbesondere die zartrosa Bande zu Sigi, nicht überstrapazieren. Und Mica Donate und Herr Kaloke hatten auch eine kleine Aufmerksamkeit verdient.

Die Messe »Art déco & Kunst Paris 1910« war sehr gut besucht. Es wurde gehandelt wie in den Souks von Dubai. Und ich fand einige wunderschöne Porzellanstücke, die uns in den nächsten Tagen in Berlin in Holzwollkisten erreichen würden. Und auch zahlreiche Antiquitätengeschäfte und Lifestyle-Shops im Marais-Viertel durchstöberte ich auf der Suche nach außergewöhnlichen Funden oder Ideen. Tja, und in einem

Antiquitätengeschäft, gleich hinter dem Picasso-Museum, da sah ich doch tatsächlich einen Mann, den ich aus den Piratenfilmen kannte. Es war Gregory Peck, und er wirkte noch größer als in seinen Filmen. Und bei diesem Mann überwand ich dann tatsächlich meine Scheu und erbat mir das erste Autogramm meines Lebens, obwohl seine kleine Frau maskiert mit dicker Sonnenbrille und Kopftuch wie ein wachsamer Terrier neben ihm stand. Ein Autogramm von Gregory in meinen *Good Wine Guide*, den ich mir gekauft hatte, weil ich von Wein nichts verstand. Mehr als die ersten vier Seiten würde ich darin allerdings nie lesen, das war mir bald klar. Ich würde nie ein Meister im Weindegustieren werden. Schlimm?

Wo Herz, da auch Glück

Goscha hatte für drei weitere Tage die Vertretung in meiner Galerie übernommen. Nach der Geschichte mit Mopsi und dem Messebesuch in Paris brauchten Körper und Seele ein wenig Balsam. Strandwandern, ausschlafen, Besuche im Thermalbad, während Mopsi schlief, Kutterscholle essen – das war ein herrlicher Plan, egal wie das Wetter werden würde. Aber der Grund für die Flucht in ein verlängertes Wochenende war Sigi. Und Goscha wusste das sofort. Nachdem ich ihr die Tierarztgeschichte und von Sigis tapferem Beistand erzählt hatte, spitzte sie das Mündchen, nickte kurz, so dass ihr blonder Pferdeschwanz wippte, und dann sagte sie: »Wo Herz, da auch Glück. Das ist ein altes polnisches Sprichwort. Ein paar Tage Alleinsein wird dir gut tun. Vielleicht bist du es, wenn du zurückkommst, gar nicht mehr.« Was diese sibyllinische Auskunft sollte, wusste ich zu dem Zeitpunkt noch nicht. Würde es aber bald erfahren. Wer weiß, was sie mir noch alles vorausgesagt hätte, wenn sie von unserem ersten Kuss am Flughafen gewusst hätte?

Das Meer rauschte ganz leise in weiter Ferne. Dort, wo die großen Containerschiffe in der Fahrrinne vorbeizogen. Der Strand lag viele Kilometer lang und breit wie eine glückliche Verheißung aus Sand vor uns. Diesen Anblick kann selbst Jumeirah Beach nicht bieten. Es war Ebbe und die Sandbänke lagen frei, durchzogen von den Prielen mit knietiefem Wasser, über die ich

Mopsi trug. Er tobte über den Strand. Soweit ein Mops überhaupt toben kann.

Ich ließ mir den salzigen Wind um die Nase wehen und dachte über Liebe und Freundschaft nach. Moni hatte sich an einem Abend Hals über Kopf in Peter verliebt. Und er sich in sie. Und ich? Was empfand ich für Sigi? Ich konnte die Dinge immer herrlich verkomplizieren. War Sigi für mich ein Freund in der Art meiner ältesten Freunde? So ein Lebenslangbegleiter wie Harry?

Harry hieß eigentlich Harald, war seines Zeichens Westfale und mit einem recht sturen Kopf ausgestattet, wie er selber sagte. Diese Mentalität kam ihm immer wieder zugute, denn durch seine zähe Natur und den sympathischen Grundsatz, niemals aufzugeben, hatte er mich immer wieder nach meinen zahlreichen Umzügen aufgefunden und bis zum nächsten Umzug mindestens einmal besucht.

Harry war Filmfreak. Und da auch ich geraume Zeit meines Lebens mit Jungfilmern, Regisseuren und Möchtegern-Super-Cuttern beruflich tätig gewesen war, gab es genügend Anknüpfungspunkte für gemeinsame Gespräche. Harry wusste über alle Neuerscheinungen in der Filmszene Bescheid und wollte mir mit seinen Inhaltsangaben und Backgroundgeschichten sicherlich imponieren. Tatsächlich kannte er oft Filme, von denen ich selbst nichts wusste. Unter anderem hatte das mit seiner ausgeprägten Ader für Splatter- und Horrorfilme zu tun, eine Vorliebe, die ich nicht teilen konnte, da ich schon bei der Vorstellung einer einfachen Schnittwunde im Daumen mit einer Ohnmacht zu kämpfen hatte. Seinen Wissensvorsprung auf diesem Gebiet konnte und wollte ich ihm nie nehmen.

Unvergesslich blieben die Abende im Freilichtkino. Harry war extra aus Westfalen angereist, um an einem späten Sommerabend einen ganz speziellen Film mit mir »open air« anzuschauen – und es goss in Strömen. Bewaffnet mit Schirm und Regenmantel hielten wir uns den Vorfilm über trocken – diesmal war es Metropolis. Schließlich hielten auch die Nähte der stärksten gewachsten Fischerjacke nicht mehr dicht, und wir saßen in den Schalensitzen buchstäblich im Wasser. Wir beneideten einen vor uns Sitzenden um sein ungewöhnliches wurstförmiges Regenoutfit. Er sah zwar aus, als ob er sich in ein Ganzkörperkondom mit Zipfelmütze gequetscht hatte, dafür schien er aber noch komplett trocken zu sein und wartete regenresistent auf den Hauptfilm. Den ließen wir ausfallen, erst ein guter Grog im Lieblingslokal um die Ecke brachte uns wieder auf die Beine. Harry fuhr nach solchen Eskapaden stur wieder über die Autobahn nach Westfalen, da kannte er nichts.

Unsere Freundschaft begann eigentlich während des Philosophiestudiums an der Universität. Es gab eine grässliche Vorlesung über die Logik in der Philosophie, in der wir auch zwei Prüfungen zu absolvieren hatten. Ein Großteil der Studenten fiel in diesen Klausuren durch. Da wir aber beide keine Lust dazu hatten, uns noch einmal ein halbes Jahr diese scheußlich langweilige und strohtrockene Vorlesung inklusive der entsprechenden langatmigen Übungen der Assistenten anzutun, gründeten wir beide eine Logik-AG. Das war meine erste selbst gegründete AG. Allerdings hatten wir damals keinen Vorstand oder so etwas. Der Ernst des Lebens fing erst viel später an.

Wöchentlich arbeiteten wir die Subjunktionen, Gegenteilbeweise und Substitutionen des Professors aus.

Wir quälten uns durch Aufgaben wie:

Gib die prädikatenlogische Argumentform des folgenden Arguments an: Alle Tiger sind Raubtiere. Kein Tiger ist ein Löwe. Also sind Löwen keine Raubtiere.

Gib die prädikatenlogische Satzform des folgenden Satzes an: Jedes Schaf hat einen Leithammel, aber es gibt keinen Leithammel für alle Schafe.

Wir lernten tatsächlich, was Disjunktionen, surjektive Funktionen und ein Antezedens waren, und wir bestanden beide die Prüfung am Halbjahresende. Was soll ich sagen? So etwas schweißt zusammen! Über Jahre!

Harry ging einem sturen Westfalen gemäß stetig den Weg eines wissenschaftlichen Angestellten, schrieb seine Doktorarbeit und feilte schließlich an seiner Habilitation. Ich hatte mich mehr zickzackmäßig durch mein berufliches Leben geschlagen, was auch geografisch an einer Landkarte der BRD nachzuvollziehen wäre. Dennoch kam seinerseits nie ein Vorwurf oder dergleichen, wie ich meine naturgegebenen Talente und intellektuellen Kapazitäten jahrelang in schlecht dotierten Jobs vergeuden konnte. Das trug nur ein echter Freund mit. Gottlob gab es in meinem Leben einen Harry. Jeder sollte einen Freund wie Harry haben, der einen immer verstand.

Und wenn Sigi nun mehr für mich bedeutete als ein Harry? Wenn ich mehr als Freundschaft für ihn empfand (und das kündigte sich bereits an)? Was dann? Und was würde passieren, wenn er sich plötzlich als einer der vielzitierten Lügner entpuppte, denen ich gerade meine Abende und freien Stunden widmete, um andere Frauen vor ihnen zu warnen? Und was geschähe, wenn ich mich wie Moni in ihren Peter in Sigi verliebte? So richtig. Und ihm vielleicht sogar verfiel? Von Hörigkeit las man öfter in den Zeitungen. Es gab Frauen, die kamen nie von ihrem Typen los, egal, was er ihnen antat. So wie in der Story aus der »*Bunten*«, die ich im Flugzeug gelesen hatte, über Roberto Blanco und seine Frauengeschichten. Ein bisschen Spaß muss sein, dachte sich der, und hatte den insbesondere auch außerhalb seiner Ehe. Promis wurden immer öfter zu einem guten Negativbeispiel.

Oder die Geschichte von Anna, deren Erlebnis mich in meiner Jugend schon auf die Formel »Männer = Lügner« gebracht hatte.

Anna war 72, als ich sie kennen lernte. Sie passte damals auf uns Kinder auf. Sozusagen als Ersatz-Oma, weil unsere eigene Oma nicht mehr da war. Wir Kinder schlossen sie schnell ins Herz. Sie brachte uns nicht nur hin und wieder Süßigkeiten mit, sondern backte auch den besten russischen Zupfkuchen aller Zeiten und zur Weihnachtszeit prachtvolle doppelstöckige Kekse in Sternform mit roter Marmeladenfüllung. Die schmeckten insbesondere in den späteren Jahren immer öfter nach ihrer häuslichen Vorratskammer oder nach ihrem Parfüm, aber uns Kindern machte das gar nichts. Wir liebten sie auch dafür.

Anna musste in frühen Jahren sehr hübsch gewesen sein. Noch im hohen Alter war sie sehr grazil, hatte gelockte, schwarze Haare, dunkle große Augen und sinnliche Lippen. Mit 72 Jahren! Sicherlich war sie als Mädchen der zarte Schneewittchen-Typ gewesen.

Davon angetan war auch die große Liebe ihres Lebens. Anna machte Hausdienst bei einer reichen, gutbürgerlichen Familie. Der Sohn des Gutsbesitzers machte ihr schöne Augen. Wie nah sich die beiden kamen, das erfuhr ich nie. Es war auch nicht wichtig. Jedenfalls machte er ihr täglich Komplimente. »Die Anna, die kann meine Hemden gut bügeln. Keine bügelt meine Hemden so gut wie die Anna«, lobte er. Anna empfand das als höchste Auszeichnung und war glücklich. Umso hingebungsvoller und akkurater bügelte sie seine Hemden. Und zu Weihnachten schenkte er ihr eine goldene Uhr. Anna war außer sich vor Freude. Ihre Augen glänzten. Sie erhoffte sich von ihm weit mehr als dieses kostbare Geschenk, das für sie ein Symbol ihrer gegenseitigen Zuneigung war.

Wenige Tage später stellte der Sohn des Gutsbesitzers seinen Eltern seine Verlobte vor. Sie fuhren in einer prächtigen Kutsche vor. In der Kutsche saß nicht Anna.

Die heulte sich im Dienstmädchenzimmer die Augen aus dem Kopf und verließ irgendwann vor der Heirat des Geliebten das Gut.

Sie selbst heiratete nie und sprach auch nie von einem weiteren Mann in ihrem Leben. Auch diese Geschichte erzählte sie nur einmal, dann nie wieder. Sie wohnte mit einer befreundeten alten Dame in einem netten Häuschen am Wald, hatte einen gut genährten Mischlingshund und viele Hasen, aber keinen Mann. Sie kümmerte sich bis ins hohe Alter um ihre beiden Brüder, die sie an Jahren weit überlebte.

Ich hatte oft darüber nachgedacht, ob es am besten wäre, sich gar keinen Mann mehr als Lebensgefährten ins eigene Leben zu wünschen. So wie es Anna gemacht hatte. Ich war zu dem Schluss gekommen, einen Mann nicht generell aus meinem fröhlichen, gut funktionierenden Leben auszuschließen, aber hinreichende Bedingungen für seine Anwesenheit in meinem Leben zu stellen. »Lieber keinen Mann als einen Lügner« – das war mein Credo oder Lebensgrundsatz geworden. Doch wer sagte mir, ob Sigi ein Lügner war? Und die Probe aufs Exempel machen, das wollte ich nicht. Das war mir zu riskant. Dabei war ich bereits voll dabei.

Ich saß am nächsten Morgen in meinem Hotel am Meer im Frühstücksraum und aß in Ruhe die erste Mahlzeit des Tages, als sich ein Mann zu mir setzte.

»Sie haben doch nichts dagegen, wenn ich mich zu Ihnen setze?«, fragte er höflich.

Ich verneinte. Der Frühstücksraum war voller hungriger Menschen, es gab kaum noch freie Sitzplätze. Und immerhin konnte er »Guten Morgen« sagen und ein Ansinnen formulieren, was der Großteil der im Frühstücksraum anwesenden Spezies nicht zu können schien. Sie saßen dumpf da und mümmelten ihre Brötchen oder hauten sich große Portionen Rührei mit heißen Speckstreifen auf die Teller. Hanseatische Zurückhaltung war nicht angesagt. Nicht am Buffet.

Mein Frühstücksgenosse jedenfalls begann bald ein lebhaftes Gespräch, das von seinen Halsschmerzen über seinen Job bis hin zu einsamen Spaziergängen, die man in der Umgebung unternehmen könnte, reichte.

Tja, dachte ich, dann mal zu.

»Bitteschön, die Butterdose. Und hier die Milch.« Und er tat auch sonst ganz charmant. Bis sein Handy klingelte.

»Wer ruft mich denn so früh am Morgen an?«

Oha, wer kann das wohl sein?, dachte ich schmunzelnd.

Er stand auf, ging ein paar Schritte vom Tisch weg und nahm dann erst das Gespräch an, damit ich nichts verstehen sollte. Ein Cleverle eben.

»Ah, guten Morgen, Britta ...«, hörte ich trotzdem.

Tja, guten Morgen, Britta, dachte ich, stand auf und ging zum Frühstücksbuffet.

Als ich zurückkam, saß er wieder da.

»Eigentlich sollte man dieses Handy beim Frühstück abstellen. Immer wird man gestört.« Und demonstrativ schaltete er den kleinen Quälgeist ab.

Tschüss dann, Britta, dachte ich.

Und er nahm das Gespräch im leichten Plauderton mit mir wieder auf.

Aber warum, bitte, erzählte er mir vom Zitronenwasser gegen Halsschmerzen, wenn er eine Britta hatte? Was gingen mich seine Zipperlein und seine freien Tage zum Überstundenabbau an? War ich ein Seelen-Mülleimer?

»Ihre regenerierende Algenpackung ist gerichtet«, unterbrach uns eine freundliche Hotelangestellte aus dem Beauty-Spa. Sie hätte auch zu mir sagen können: Sie haben im Lotto gewonnen. Das hätte mich genauso erheitert. Bloß weg, dachte ich.

Ich beschloss, das Ganze als normales, zwischenmenschliches Gespräch am Frühstückstisch zu betrachten. Ganz unkompliziert, ohne Hintergedanken, wie es bei lebenslustigen Italienern und Franzosen vorkam. Vielleicht führte er gar nichts im Schilde, vielleicht plante er nicht, all seine Eroberungskünste auszufahren, um die Nutzbarkeiten eines anonymen Hotels gleich in doppelter Weise auszukosten. Das wäre bei mir auch völlig sinn- und erfolglos gewesen. Aber warum, bitte, stellte er das Handy aus und sagte nicht, dass es seine Frau war, die ihn anrief? Darauf wäre ein Italiener oder Franzose doch stolz gewesen, mio amore, mon chéri? Oder nicht?

Das Erlebnis brachte mich zum Nachdenken. Was wäre, wenn ich jetzt Sigi anrufen würde? Vielleicht wäre es ihm ebenfalls nicht angenehm? Wie dem Typen mit seiner Britta. Und vielleicht war er nicht alleine?

Was dann? Vielleicht war eine andere Frau bei ihm und er ginge gar nicht ans Telefon? Würde sich lächelnd mit ihr im Bett räkelnd mein Gewinsel auf dem Anrufbeantworter anhören? Das wäre doch auch möglich. Dann wäre er ein Lügner. Oder?

Ist er nicht, sagte die böse Stimme. Er hat dir doch nichts versprochen. Ein Kuss. Was sagt das schon aus?

Hör nicht hin, sagte die zweite Stimme. Er ist kein Draufgänger. Und du doch auch nicht. Der Kuss war echt.

Für dich, sagte die herrische Stimme.

Er ist ein Mann, aber deshalb nicht herzlos, kam als Erwiderung.

Und wo Herz, da auch Glück – das wusste auch Goscha, schloss ich ab.

Bevor sich in meinem Kopf das Gezanke der beiden Stimmen in vollem Ausmaße entwickeln konnte und ich entnervt eine dieser von Management-Gurus propagierten Pro-und-Contra-Listen auf Papier anfertigen würde, entschloss ich mich, dieser Unentschiedenheit ein Ende zu setzen. Ich wollte wieder selber der Kapitän auf meinem Schiff sein und die Anweisungen an den Steuermann geben. Und nicht länger der Kombüsenjunge, der das Gemüse putzte, die Suppe umrührte und nicht wusste, wohin die Reise ging.

Ich zählte in diesem Moment wieder auf meinen Mut! Ich entschied mich für ein selbstbestimmtes, glückliches, aufrechtes Leben. Ein Leben ohne Lügenmärchen von Männern, die sich sämtliche Hintertürchen mit ihren Unwahrheiten, Vermeidungsstrategien oder Verheimlichungen offen hielten. Und entweder Sigi Wagner war auch ein Lügner oder nicht. Das musste ich schon selber herausbekommen. Handeln! Und ich griff entschlossen zum Handy und rief bei Sigi Wagner an.

Er ging nicht ans Telefon. Es klingelte und klingelte, aber es tat sich nichts. Nach dem zehnten Klingeln sprang seine Mailbox an. »Hallo und guten Tag. Hier ist der Anschluss von Dr. Siegfried Wagner – in Notfällen oder bei Terminwünschen für eine Hausarbeit erreichen Sie mich auch unter …«

Ich legte auf. Was hieß hier Notfall? Ich war nicht gefährdet, vom Hochhaus zu springen. Und eine Hausarbeit wollte ich auch nicht schreiben. Ich wollte einfach mit ihm reden, und ich ärgerte mich, dass ich keine Privatnummer von ihm hatte.

Und irgendwie saß es mir wie ein Stachel im Fleisch, dass ich nicht wusste, ob Sigi eine Freundin hatte oder nicht. Gut, er hatte nie eine Frau erwähnt. Aber das hatten mir gegenüber einige Männer in den entscheidenden Situationen verschwiegen. Da wäre er nicht der Erste. Und direkt nachgefragt hatte ich auch nicht, da hatte die passende Gelegenheit gefehlt. So etwas musste ja auch gut eingefädelt sein und durfte nicht plump geäußert werden. Wie bei Anke, die eine Vorliebe für Ärzte hatte und jeden neuen Bekannten sofort fragte: Sind Sie Arzt? Dass die derart Angesprochenen sich meist vor Schreck abwendeten, das war doch klar. So eine Blöße wollte ich mir Sigi gegenüber nicht geben.

Die Kosmetikerin spülte die wahrlich nicht kleidsame Algenmaske wieder von mir ab, und ich trank ordnungsgemäß zwei schaurig schmeckende Gläser voll Tiefenmeerwasser mit Orangengeschmack. In einem Wohlfühl-Spa stellt man keine Fragen.

Dann saß ich auf dem Teakholzstuhl zur Entspannung und tat genau das Gegenteil. Ich griff mir erneut das Handy, um Sigi anzurufen. Mein Puls beschleunigte bedenklich.

Wieder war keiner da. Beziehungsweise es ging niemand ans Telefon. Er mochte durchaus zu Hause sein und einfach nicht ans Telefon gehen. Und wenn ich ihn dann irgendwann vielleicht doch noch erreichte, würde er möglicherweise eine der beliebten Ausreden benutzen, warum er nicht gleich abgenommen hatte:

- Ich war in der Badewanne
- bin gerade erst nach Hause gekommen
- der Staubsauger war so laut
- ich habe auf dem Balkon die Blumen gegossen
- habe das Telefon nicht rechtzeitig gefunden, als es klingelte usw.

Ich war gespannt, ob mir Sigi eine derartige Antwort auftischen würde, falls ich ihn jemals am Telefon haben würde. Das aber war mein heutiges Ziel. Derart zielstrebig war ich bei ihm zuvor nie gewesen.

Gut, vielleicht tat ich ihm auch unrecht. Vielleicht rettete er wirklich gerade einen Selbstmörder vor dem Sprung vom Funkturm. Oder goss auf dem Balkon seinen Kräutergarten. Es gab ja durchaus auch ehrliche Typen und nicht nur Lügner. Vielleicht war Sigi so eine ehrliche, aber ein bisschen verschrobene Haut wie mein Freund Tom?

Tom war ein schwuler Architekt. Mit ihm konnte ich stundenlang sonntags im Park spazieren gehen und über Architektur und Design philosophieren. Manchmal fuhren wir mit meinem Auto bis zum Bodensee und genossen auf seiner winzigen Jolle die Sonne. Mit Tom war alles unkompliziert. Ich hatte mich in seiner Nähe immer wohl gefühlt, weil ich wusste, ihn interessierten weder meine Hüften noch meine Haare, sondern allein meine Gesellschaft und die Witze und Anekdoten, die uns mit der Zeit immer mehr miteinander verbanden.

Zum Beispiel der gemeinsame Urlaub auf Fuerteventura. Da hatten wir aufgrund einer verfehlten Buchung tatsächlich ein Doppelzimmer. Zumindest im ersten Hotel. Als wir das beim Einzug merkten, hatten wir die Betten ganz ruhig und pragmatisch auseinander geschoben und eine solide Badezimmerregel aufgestellt. Wenn er drin war, blieb ich draußen. War ich im Bad, blieb er draußen.

Er hatte sogar akzeptiert, dass ich eine am Strand gefundene Fischerboje zweifelhafter Herkunft erst an der Hotellobby vorbei auf den Hotelbalkon schleuste und später ins gemeinsam genutzte Badezimmer. Dort wurde sie in der Wanne ausgiebig gesäubert und geputzt, am Abreisetag in mein Strandhandtuch gewickelt, in einen blauen Müllbeutel gepresst und als Sondergepäck am Flughafen aufgegeben. Tom hatte das alles klaglos durchgestanden und meine Freude geteilt, als die verpackte Boje in Paderborn wieder auf dem Gepäcklaufband erschien.

Dies konnte nur jemand mitmachen, der einen sehr mochte, aber keine persönlichen Ansprüche stellte oder gar tradierte Erziehungsmaßnahmen an einem ausprobieren mochte. Bei Tom war das so.

Ich hatte dafür seine ausgeprägte Besteckmacke ignoriert. In jedem Restaurant, selbst wenn es die gehobenste Kategorie mit vielen Sternen war, war ihm das Besteck zu schmutzig, das er dann verstohlen unter dem Tisch mit seiner Stoffserviette nachpolierte.

Zudem konnte er Menschenansammlungen nicht ausstehen und wich jedem Entgegenkommenden abrupt rückwärts oder seitwärts – einem Bocksprung ähnlich – aus und hielt die Hände schützend vor den Körper. Körperkontakt war ihm verhasst. So kam es, dass wir im Hotel nach den anderen Gästen frühstücken gingen und Abendbrot aßen, wenn alle anderen noch nicht da waren. Antizyklisch eben, damit Tom so wenig Menschen wie möglich treffen musste.

Außerdem hasste er es, Türklinken anzufassen. Das führte zu grotesken Verrenkungen, wenn er die Türen mit der Fußspitze öffnete. Da er sie nicht an der Metallklinke berühren wollte, fasste er ans Holz, aber auch nur an solchen Stellen, von denen er meinte, dass sie von anderen kaum berührt wurden. Diese Art, mit den Türen umzugehen, erinnerte an taoistische Freikörperübungen.

Selbst die Autotür seines eigenen hellblauen Kleinwagens öffnete er nur mit einem Papiertaschentuch. Hinter dem Fahrersitz stand ein Weinkarton von Jacques Weindepot, der bis oben hin angefüllt war mit zerknüllten Taschentüchern. Nicht etwa wegen Dauerschnupfens, sondern aufgrund seiner Klinkenallergie, die sich auch auf die Autotürklinke bezog.

Ich hatte mich damals gewundert, dass er sich bei unserem Urlaub auf Fuerteventura in unserem Hotelzimmer auf mein Bett setzte, als ich krank war. Ich hatte mir den Magen und das Gedärm beträchtlich an Oliven oder Sardinen verdorben, so genau war das nicht mehr auszumachen. Ich dachte nun, Tom würde sich vor Ekel abwenden. Jemand, der eine Türklinkenallergie und eine Besteckdreckphobie hatte! Aber sorgenvoll stand er zunächst vor meinem Bett, in dem ich leichenblass und schwach herumvegetierte, und wusste nicht, was zu tun war. Bis er zum nahe gelegenen spanischen Kaufmann ging und mir Zwieback, Cola und Schokolade mitbrachte und ein paar überreife Orangen. Ich bat ihn daraufhin erneut sehr eindringlich, an den Strand zum Surfen zu gehen. Der Urlaub war kurz, die Wellen an jenem Tag grandios, und ich würde mir in der Zeit meine Magen-Darm-Krankheit ausschlafen. Unter Aufbietung meiner letzten Kräfte konnte ich ihn letztendlich dazu bewegen, surfen zu gehen. Bei keinem meiner Liebhaber hätte ich so viel Überzeugungskraft einsetzen müssen wie bei ihm. Denen waren ihr Leben und ihre eigenen Interessen sowieso immer viel wichtiger gewesen als ich. Da hätte ich im Urlaub tot umfallen können, das hätten die erst durch die herbeieilenden Rettungssanitäter erfahren.

Tom kam wesentlich früher vom Surfen zurück als erwartet und setzte sich auf den Balkon zum Lesen – wie er sagte. In Wirklichkeit achtete er ganz genau darauf, wie oft und wann ich zum Badezimmer eilte. Als die Frequenz meiner Toilettenbesuche abebbte, steckte er den Kopf ins Zimmer. Es war draußen bereits dunkel geworden. Er fragte mich, ob ich mit zum Abendessen ins Hotelrestaurant kommen wolle, was aber aufgrund meiner schwachen Verfassung nicht möglich war. Also ließ er sich kurzerhand sein Abendessen ins Hotelzimmer bringen, bestellte für mich eine Suppe und setzte sich zu mir ans Krankenlager.

Nachdem er ausgiebig die Besteckteile nachgeputzt hatte, was ich beflissentlich übersah, aßen wir zusammen auf den Betten. Er sitzend, ich halb liegend. Wir machten sogar ein paar unserer skurrilen Scherze über diese Situation und meinen Urlaub im Bett. Und schließlich ging er an diesem Tag aus Solidarität sogar früher schlafen als sonst.

»Damit ich dich in der Nacht nicht wecke, wenn ich mich umziehe«, sagte er. Bei so viel Fürsorge war ich am nächsten Tag beinahe wieder die Alte und fit für den Strandgang. Und fast tat es mir Leid, dass Tom schwul war.

Sigi war sicherlich nicht schwul. Und ich wollte wissen, ob er ebenfalls kein Lügner war. Ich rief wieder bei ihm an. Mein dritter und – wie ich mir schwor – auch mein letzter Versuch. Und siehe da, plötzlich war Sigi in der Leitung.

»Hallo, schön, dass du anrufst. Ich habe ein Päckchen für dich angenommen. Es kam schon gestern«, sagte Sigi. »Wo bist du denn?«

»In Sankt Peter-Ording. Ich habe dir eine Karte in den Briefkasten gesteckt mit meiner Handynummer.«

»Eine Karte. Wo?«, sagte Sigi.

»Durch den Briefschlitz in der Tür.«

Ich hörte ihn auf den Flur gehen. »Ja, hier ist sie. Sie war unter den Teppich gerutscht. Das ist kein Wunder bei dem Durcheinander.«

»Was ist denn los?«, fragte ich vorsichtig. Ich stellte mich auf jede Antwort ein. Es könnte ja immerhin seine zehnköpfige Familie mit Frau und Kindern zu Besuch gekommen sein. Hatte er eben vergessen, mir gegenüber zu erwähnen.

»Mein Herd ist kaputt. Seit drei Stunden ist der Handwerker hier und montiert in der Küche herum. Er hat bereits die Wasserleitung durchtrennt und den Hausmeister beleidigt. Es kann nur besser werden«, sagte Sigi.

Das war bei weitem die beste Ausrede, die ich je gehört hatte. Ich konnte nicht ans Telefon kommen, weil mein Herd kaputt ist und der Handwerker seit drei Stunden in der Küche herumfuhrwerkt und inzwischen die Wasserleitung durchtrennt hat. Wirklich eine einzigartige Begründung!

»Und gleich kommen meine Mutter und meine Schwester zu Besuch, und ich kann ihnen nichts kochen.« Also doch Verwandtschaft!

»Call a Calzone« wollte ich Sigi nun wirklich nicht mehr anpreisen. Also hörte ich mich sagen: »Du kannst meinen Herd benutzen, ist ja gleich nebenan. Herr Kaloke hat einen Schlüssel für Notfälle. Den kannst du dir gleich bei ihm abholen. Ich werde ihn anrufen.«

Sigi war begeistert. »Ich werde mich mit einem grandiosen Abendessen bei dir bedanken.«

Ich wunderte mich über mich selber. Da lasse ich einen mir wildfremden Mann in meine Wohnung, der sich in meiner Küche was kochen darf. Das könnten Psychologen ganz geschickt deuten. Und was ist, wenn er nicht in der Küche bleibt und in mein Schlafzimmer geht und sich meine Schränke von innen ansieht? Und was ist, wenn er im Arbeitszimmer meine riesige Wünsche-an-mein-Leben-Collage aus ausgeschnittenen Hochglanzmagazin-Seiten sehen würde? Wie aufschlussreich – und wie peinlich.

Das macht er bestimmt nicht, sagte die eine Stimme.

Warum denn nicht?, sagte die andere Stimme. Das ist doch eine einzigartige Gelegenheit festzustellen, wer du bist.

Es wäre nicht fair, sagte die andere Stimme, Gutmütigkeit und Hilfsbereitschaft derart auszunutzen.

Es wäre nicht das erste Mal, dass dir das bei einem Mann passiert, kam als Erwiderung.

Unwichtig, sagte ich. Das ist vorbei. Sigi ist anders.

Und während sich in meinem Kopf Stimme und Gegenstimme noch eine Weile stritten, ging ich mit Mopsi zum Strand. Es war ein herrlicher, warmer Tag. Wir hatten ihn ganz für uns. Und wir würden ihn nicht mehr mit unseren emotionalen Altlasten vergangener Männergeschichten belasten. Nach diesem Meeresurlaub, so sagte ich mir, würde ich neu beginnen. Und wieder alles auf eine Karte setzen. Auf die große Liebe.

Ein Tag am Meer

Mein Koffer und Mopsis zusammenfaltbares Reisenest waren im Auto verstaut, und im Hotel hatte ich ausgecheckt. Aber den letzten Tag am Meer, den Sonntag, den wollten wir noch in Ruhe genießen. Wir liefen am Brandungssaum entlang, und ich sammelte Muscheln. Meine liebste Beschäftigung. Davon konnte ich nie genug haben. Heute war der Wellengang äußerst günstig, da er Tiefenströmungen mit sich brachte. Die Schalen der Amerikanischen Bohrmuschel waren meine Beute. Aus dem Boden der tieferen Sandschichten herausgelöst, fanden wir einige prachtvolle Exemplare in den Wellen.

Zwischendurch setzte ich mich an den Strand, ließ die Wellen meine Füße umspielen, dachte nach und schaute aufs Meer. Meine Fußsohlen kribbelten. Sie bekamen die natürlichste Fußreflexzonen-Massage der Welt. Körper und Seele waren zufrieden. Mittags wechselten wir die Richtung, um in dem Strandrestaurant auf Holz-Stelzen einen Backfisch mit Kartoffelsalat zu essen. Mein traditionelles Abschiedsessen bei jedem Nordseeurlaub. Von dem Backfisch hatte ich noch lange etwas, nämlich mindestens bis zur Ankunft zu Hause in Berlin Magendrücken und Sodbrennen. Und mindestens ein Kilogramm mehr auf den Hüften. Aber er gehörte dazu. Basta.

In Höhe des Restaurants kam uns vom Holzsteg über die Wattlandschaft eine vertraute Gestalt entgegen.

Mopsi rannte auf sie zu, ich brauchte aufgrund des starken Sonnenlichts etwas länger, um sie zu erkennen. Die Gestalt entpuppte sich als Sigi, und er trug seine gewachste, blaue Skipperjacke, mit der ich ihn das erste Mal gesehen hatte.

Er nahm mich überschwänglich in die Arme und gab mir rechts und links einen satten Schmatzer auf die Wange, wie es seine Art war. Warum keinen richtigen Kuss? So einen schönen, herzerwärmenden wie am Flughafen?

»Was machst du denn hier?«, fragte ich verwirrt und glücklich. Ich freute mich über Sigis Erscheinen mindestens so wie Mopsi, hätte die Freude aber nie gezeigt. Da sind Tiere schlichtweg authentischer als wir Menschen.

»Mmmmhh, tja, ich dachte, ich gucke mal, was du so machst«, sagte er.

»Warum? Ich komme doch heute sowieso zurück nach Berlin. Woher weißt du, wo ich bin?«

»Stand auf deiner Karte. Und deine Handynummer hatte ich ja auch. Leider bist du nicht rangegangen. Wir hätten uns auch verpassen können«, sagte er.

»Das Handy ist in der Tasche im Auto. Am Meer versteht man sein eigenes Wort nicht und außerdem …« Sollte ich nun zugeben, dass ich gar keinen Anruf erwartet hatte? Dass ich völlig illusionslos und mit mir selbst im Reinen am Strand herumspaziert war?

Ich deutete auf das Holzhaus. »Lass uns doch zusammen einen goldgelben Backfisch essen.«

Als wir einen sonnigen Platz im Windschatten des Fischrestaurants ergattert hatten, begann Sigi zu sprechen.

»Ich dachte, ich sage es dir lieber selber. Damit du dich vorbereiten kannst.«

»Ich? Worauf?«

»Na ja, ähem, da ist was passiert.«

»Was ist passiert?«, fragte ich erschrocken und ließ das Henkelglas mit dem Liter Apfelsaftschorle wieder auf den Tisch sinken.

»Deine Küche, besser gesagt, dein Herd ...«

Sigi und seine Herdproblematik. Was er nun erzählen wollte, das war ihm ungeheuer peinlich. Selbst für ihn als ausgebufften Psychologen war es schwer, mir seine Panne einzugestehen.

»Also, ich habe den Herd etwas vorheizen wollen. Dann bin ich noch einmal rüber in meine Wohnung gegangen, um das Hähnchen in der Kasserole zu holen. Es waren bestimmt nur zehn Minuten, eher weniger. Als ich zurückkam, brannte dein Herd. Der Backofen.«

»Mein Herd brannte? Die Halloween-Lampions! Meine Halloween-Lampions im unteren Fach, o nein, ...«, mir war alles klar. Natürlich liegen die immer im Backofen, das weiß ich doch. Aber Gäste oder fremde Herdnutzer wissen das natürlich nicht.

»Doch kaum war ich in der Küche, gab es eine Explosion.«

»Die Tetrapacks mit dem Apfelsaft.« Ich schlug mir in heller Aufregung mit der flachen Hand vor die Stirn.

»Immerhin haben die das Feuer gelöscht. Zumindest fast. Aber der Herd ist dennoch hinüber.«

»Und deine Gäste?« Ich erfuhr soeben, dass meine Küche fast abgebrannt war, und fragte tatsächlich nach seinem Besuch!

»Mama bekam Pizza und meine Schwester Salat. Alles kein Problem. Nur der Anti-Aging-Experte von nebenan ist bei dem Knall der Explosion fast ausgeflippt. Und dann kam ich auch noch aus deiner Wohnung, als er klingelte, und nicht du – das war zu viel für ihn.«

»Ich ziehe aus«, schrie er. »Das ist ja nicht zum Aushalten. Diese Ruhestörungen. Wie soll ich da in Ruhe spritzen?« Und Sigi fuchtelte mit den Armen herum wie Doc Peeler.

»Immerhin sagte er, dass er ausziehen will und nicht wir raus sollen.«

Plötzlich prustete ich laut los. Ich stellte mir Sigi mit vom Ruß geschwärztem Gesicht vor, wie er die Tür meiner Wohnung öffnete und Doc Peeler ihn – mit der Botox-Spritze in der Hand – anstarrte. Es muss herrlich gewesen sein. Sigi lachte auch. Und Mopsi sprang heiser kläffend hin und her, er schien mitzulachen.

Ich aß meinen Backfisch und Sigi doch lieber ein Wiener Schnitzel. Und dann unternahmen wir einen kurzen Spaziergang am Meer. Hand in Hand wie selbstverständlich schlenderten wir nebeneinander her, und mein Herz hüpfte seltsam unrhythmisch herum. Wie das Pendel einer alten Standuhr. Nur eben nicht im Uhrenkasten, sondern im Brustkasten. Manchmal pochte das Herz sogar in meinem Hals. Wie das physiologisch möglich war, konnte ich mir wirklich nicht erklären.

Vor ein paar Tagen noch hatte ich mit dem Gedanken gespielt, auf die Insel Jersey zu reisen statt nach Sankt Peter-Ording. Den warmen Golfstrom erleben, Delphine sehen und an der Steilküste entlang wandern. Das Gegenteil von meinem stets gleich verlaufenden SPO-Drei-Tage-gönne-ich-mir-mal-eben-schnell-Urlaub.

Doch dann hätte Sigi nicht zu mir kommen können. Und das wäre ein Verlust gewesen.

Ich sprach kein Wort, die Sonne wärmte mein Gesicht, und ich atmete tief die würzige Meeresluft ein. Das würde Sommersprossen geben, dachte ich und hoffte, dass Sigi Sommersprossen mögen würde. Er sah mich immer wieder strahlend an, und als wir wendeten, um die Richtung zurück zum Restaurant einzuschlagen, nutzte er den Moment, nahm mich in den Arm und gab mir einen Kuss. Ganz unerwartet und ganz zart. Er hatte seine Herdproblematik also überstanden, zumal ich keineswegs sauer reagiert hatte. Eher amüsiert. Ich war von seinem Kuss benommen wie nach einem kräftigen Schluck Portwein von Dr. Siemens, dem Tierarzt.

Als wir am Auto die Hosenbeine der Jeans wieder herunterkrempelten, flog uns der Sand entgegen. Mit zerzaustem Haar und Salzkrusten auf den Jacken fuhren wir am frühen Abend nach Berlin. Sigi war mit dem Zug gekommen, so konnte er jetzt mit uns zurückfahren.

»Wie wärst du denn nach Hause gefahren, wenn wir uns nicht getroffen hätten?«, fragte ich.

»Mit dem ICE. Ganz einfach. Aber ich habe gewusst, dass wir uns finden«, sagte er vieldeutig und streichelte Mopsi, der mit ihm einträchtig auf dem Beifahrersitz saß. Er hatte den »Neuankömmling« bereits akzeptiert. Goscha hatte richtig orakelt. Ich kam nicht alleine nach Berlin zurück.

Neben ihren wahrsagerischen Fähigkeiten hatte sie noch ein weiteres Talent. Sie hatte in den drei Verkaufstagen einen enormen Umsatz gemacht. Wie, war mir ein Rätsel, aber es hatte geklappt. Vielleicht lag es daran, dass sie die Leute anlächelte, die vor dem Schaufenster stehen blieben, und nicht wie ich weiter in Büchern und Sekundärliteraturstapeln las. Oder weil sie den ganzen Tag in der Galerie herumlief und die Dinge umräumte und vor den Laden zwei Stühle und ein Tischchen aufstellte mit einem Strauß bunter Frühlingsblüher. Sie hatte viel verkauft, insbesondere Porzellan und Schmuck. Dafür hatte sie ein Händchen. Und schon überlegte ich, ob sie dafür nicht viel geeigneter war als ich und ich sie nicht fragen sollte, ob sie sich ihr Studium komplett über einen Job in meiner Galerie finanzieren wollte. Statt zu kellnern. Sie wäre eine gute Ergänzung – ich im Einkauf, sie im Verkauf.

Ein fulminantes Fest mit Überraschungen

Eine Musikgruppe der Heilsarmee in prächtigen blauen Uniformen stand vor meiner Galerie neben dem asiatischen, weißen Zelt und trompetete, was das Zeug hielt. Wer sie bestellt oder eingeladen hatte, war mir ein Rätsel. Ich konnte mich auch gar nicht darum kümmern, weil soeben der rote Teppich ausgerollt wurde, der fünf Stunden später angeliefert worden war als vereinbart.

»Gerade noch rechtzeitig«, maulte Donate und stand neben den beiden Studenten, die den Teppich auslegten und absaugten.

Rodriguez, der Wachmann, war auch schon da. Er war seinem Bruder Mica wie aus dem Gesicht geschnitten, aber doppelt so breit. Sein Pferdeschwanz glänzte frisch pomadisiert, er sprach nicht viel. Seine Mimik sagte aus, dass es heute für jeden Langfinger besser wäre, die Hände von meinen Deckeldosen zu lassen. Sicherlich würde er auch darauf achten, dass sich keine Ungeladenen zwischen die Gäste mischten. Das passierte in Berlin häufiger. Solange es keinen Ärger gab, dann war es mir nicht weiter wichtig, ob noch jemand mehr vom Buffet aß oder nicht. Es war genug für alle und ein paar mehr da.

Die Köche arrangierten die Köstlichkeiten geschickt auf breiten Tischen, die sie wie im russischen Staatszirkus aus einem winzigen Koffer herauszogen und aufklappten. Es war doch etwas traditioneller geworden als ursprünglich vor Monaten gedacht. Es gab Fisch, Dorade in Limonensoße, dazu Gnocchi oder Reis, kleine Cotolette alla Milanese mit verschiedenem Gemüse, Mailänder Safran-Risotto und zum Dessert im Stehen die Torroncini di Sicilia, die echten Plombenzieherbonbons, die mein Zahnarzt einfach lieben musste. Würden sie ihm doch auch an diesem Abend sicher neue Kunden mit herausgezogenen Amalgamfüllungen zuspielen. Wahlweise gab es die von mir geliebten Nussküsschen, Bacio di Perugina, mit dem hübschen Pegasus als Markenzeichen und den kleinen Wunschzettelchen drin. Auch an diesem Abend hatte ich einen Pergamentzettel in dem Pralinenpapier gefunden. Mitten im fröhlichen und anregenden Getümmel meiner Gäste las ich: *Erkämpftes Glück genießt man doppelt – von B. Gracián*. Oder im Original: *Si gusta doppiamente la felicità faticata*. Was sollte das nun wieder bedeuten?

»Da bist du ja. Was liest du denn?«

Moni stand plötzlich hinter mir und hatte mir ein Glas Sekt mitgebracht.

Sie sah umwerfend aus. Sie hatte sich in ein etwas weiter geschnittenes Twenties-Kleid aus dem Edel-Second-Hand gesteckt, mit langen Fransen mit Perlchen und schmalen Spaghettiträgern. Auf ihrem Kopf wippte rhythmisch eine Pfauenfeder auf einem Haarreif. Über ihren Schultern lag eine braune Fellstola. »Von Oma«, sagte sie vielsagend und nickte mit dem Kopf. Ich verstand sie nicht und schaute mir Peter an. Der hatte sich einen dunklen Anzug angezogen und in sein Knopfloch am Revers neckisch eine rote Rose eingesteckt wie einer von den Musikern der Comedian Harmonists. Die beiden kamen mir ein wenig overdressed vor, wir feierten hier doch bloß ein kleines Galeriefest. Oder nicht?

»Hast du Sigi gesehen?«, fragte ich.

»Hast du ihn denn eingeladen?«, fragte Moni.

O, Gott. Hatte ich Sigi eingeladen? Das konnte doch nicht sein. Das konnte ich doch unmöglich vergessen haben! Oder doch?

»Moni, ich glaube, ich habe es verschwitzt! Ich habe vergessen, ihn einzuladen!«

»Vielleicht ist er zu Hause. Ich habe den alten Hans in eurer Straße geparkt. Bei Sigi in der Wohnung brannte vorhin noch Licht. Ruf ihn doch schnell an.«

Das war mir auch zu blöd. Wenn ich ihn schon vergessen hatte, dann musste ich ihn wenigstens abholen und das irgendwie erklären. Es war schon peinlich genug, ausgerechnet Sigi nicht einzuladen.

Okay, es war alles ein bisschen viel gewesen an Organisation in den letzten Tagen. Goscha war eine große Hilfe gewesen. Mit Hingabe hatte sie hunderte von kleinen Zettelchen auf Bütten in feiner Handschrift für die Exponate geschrieben wie diesen:

KÖNIGSZELT SCHLESIEN

A.G. PORZELLANFABRIK KÖNIGSZELT
MARKE VON 1922 – 1945
ART DÉCO DECKELDOSE
HÖHE 13 CM
WEISSES PORZELLAN
DOSE IN RUNDER FORM MIT WULSTIGER AUSFORMUNG
IM UNTEREN DOSENBEREICH
ÜBERKRAGENDER DECKEL IN ASIATISCH ANMUTENDER
PAGODENFORM
ZIERLICHER DECKELGRIFF, BREITE ORANGE ZIERSTREIFEN
BEMALT MIT ASIATISCHEN MOTIVEN: BAMBUSZWEIGE
UND ASIATISCHE GEBÄUDE
UNBESCHÄDIGT, UNBERIEBEN

Moni hatte sich um die Dekoration gekümmert und Peter um einen Fotografen für die Tageszeitung. Herr Sigmund und der Bierbrauer waren mit einer grandiosen Lichtinszenierung auf der Vorderseite des Zeltes tagelang beschäftigt gewesen, und Herr Kaloke hatte die Gassi-Gänge mit Mopsi raus zum Lietzensee übernommen. Jeder hatte eine Aufgabe gehabt, nur Sigi hatte ich vergessen. Ich war einfach nicht darauf eingestellt, dass mir ein Mann auch mal etwas abnehmen könnte. Diese Spezies hatte bisher immer nur mein Leben schwerer gemacht. Hilfe? Von wegen! Durch Freunde? Ja! Durch einen Mann? Kaum. Aber für meine schlechten Erfahrungen konnte Sigi doch nun wirklich nichts!

Ich griff ins Schaufenster und zog die Polarfuchsstola von Opas Chaiselongue und rannte los, nach Hause. Mindestens dreihundertfünfzig Gäste schauten mir fragend hinterher. Wenn sie das Dilemma und meine Aufregung überhaupt bemerkten. Denn die Swing Band hatte begonnen zu spielen, und die Heilsarmee packte ihre Tuba ein.

Auf halbem Weg nach Hause kam mir eine männliche Silhouette entgegen, die Mopsi wieder einmal schneller erkannte als ich. Es war Sigi. In der Hand trug er einen alten Zylinder.

»Wo willst du denn damit hin?«, fragte ich ihn, als er vor mir stand.

»Zu deinem Galeriefest. Moni hat mir freundlicherweise Bescheid gesagt, dass es heute Abend stattfindet. Und du?«

Er zeigte entgeistert auf die weiße Fuchsstola mit den so lebendig wirkenden Glasaugen und den kleinen weichen Pfoten, die ich mir über mein dünnes Kleidchen gelegt hatte, weil ich immer so schnell fror.

»Ich auch. Aber ich wollte dich abholen. Ich dachte, dass du nicht Bescheid weißt, und da habe ich ...«

»Die Gäste im Stich gelassen. Schon klar ...«, nickte er und lächelte.

Ich kam nicht viel weiter in meinen Erklärungen. Sigi nahm mich in den Arm, gab mir einen Kuss und zog mich fest an sich. Mir wurde heiß und kalt zugleich. Die Fuchsstola fiel zu Boden und Mopsi setzte sich darauf. Er hatte auch allen Grund dazu, denn Sigi und ich vergaßen beim Küssen ein wenig die Zeit. Immer wieder sahen wir uns an, versanken im Augenblick und drückten uns erneut. Als wir uns langsam voneinander lösten, um zum Fest zu gehen, war Mopsi auf der Stola eingeschlafen. Wir mussten also sehr lange ineinander versunken gewesen sein. Allerdings war Mopsi schon immer ein schneller Einschläfer.

»Sie kommen«, rief eine Stimme, die ich nur zu gut kannte. Moni!

Plötzlich entzündete sich vor unseren Augen ein Meer aus Silberfunken sprühenden Wunderkerzen.

Alle Gäste hatten sich in zwei Reihen zum Spalier aufgestellt, die Scheinwerfer wurden gedimmt und tauchten die Straße und uns in goldenes Licht. Die Auftritte zur Oscar-Verleihung oder auf der Berlinale waren nichts dagegen. Und wir hatten sogar einen roten Teppich.

»Happy birthday to you, happy birthday to you ...«, sangen alle auf Peters Signal hin. Das gab es doch gar nicht! Mir standen die Tränen in den Augen. Dass sie daran gedacht hatten: mein Geburtstag! Das hatte bestimmt wieder Moni ausgeheckt, die sich einfach alles merkte.

Und da stand sie in ihrem Charleston-Kleid schon vor mir, nahm mich in den Arm und rief: »Alles Liebe, Kleines, eine Überraschung haben wir noch für dich. Nicht böse sein!«

Böse? Im Gegenteil, ich war gerührt wie beim Anblick des ersten Weihnachtsbaumes meines Lebens. Wann war das noch gewesen?

Sie löste sich von mir und klatschte. Mica Donate rollte auf einem Tischchen eine dreistöckige Schokoladen-Baiser-Torte herbei, auf der rote Marzipanrosen klebten, und zuoberst …, ja, was war denn das? Ein Brautpärchen? Was war das für ein schlechter Scherz?

Ich wollte mich gerade entrüstet umdrehen, da stand Sigi wieder neben mir. Er hatte einen Strauß langstieliger roter Baccara-Rosen im Arm, die er mir reichen wollte. Ich war verwirrt. War das hier mein Geburtstag, oder was wurde hier gespielt?

Das Swing-Orchester setzte ein und spielte »Strangers in the night«, und bevor ich in diesem Gefühlsdusel irgendein Wort hervorbringen konnte, nahm mich Sigi in den Arm und flüsterte leise in mein Ohr.

»Sisi und Sigi, das passt doch gut zusammen. Und Mopsi Conrad wird sicherlich auch nichts dagegen haben. Wie wäre es, wenn wir eine große Tür in der Wand zwischen unseren Wohnungen durchbrechen lassen? Willst du?«

Er sah mir liebevoll in die Augen.

»Ja«, sagte ich leise. Mehr ging nicht. Ich hatte einen Kloß oder so etwas im Hals. Mindestens. Und dann gab es noch einen Geburtstagskuss oder einen Kuss wofür auch immer.

Sigi hatte das clever eingefädelt. Und ich bin sicher, dass ihn Moni beraten hatte. Er wusste ganz genau, dass ich niemals wieder mit einem Mann zusammengezogen wäre. Nicht nach meinen Erfahrungen. Nie mehr. Aber eine Tür zur Nachbarwohnung durchbrechen lassen, das war natürlich ganz was anderes! Sigi war einfach genau der Richtige: ein exzellenter Hobbykoch und ein Psychologe. Endlich der Richtige für Leib und Seele.

»Und jetzt die Enthüllung«, rief Mica Donate plötzlich, und sein Bruder Rodriguez schwenkte einen Strahler auf das Schaufenster, das mit einem dunkelblauen Samtvorhang verhängt war. Wozu das?

Im nächsten Moment zog Herr Kaloke mit feierlichem Gesicht an einer goldenen Troddel, würdiger hätte er die Zeremonie selbst für den Alten Fritz nicht durchführen können. Und Mopsi half ihm dabei, er hatte die Troddelfransen im Mäulchen.

Von einem kleinen Tusch begleitet, den die Swing Band intonierte, fiel der Vorhang zu Boden. Und was stand da auf meinem Schaufenster in feiner Schrift?

Art déco Silber
&
Alles von Opa und Oma

– hatte jemand mit roten Buchstaben daruntergeklebt.

Was sollte ich sagen? Ich war überstimmt. Und ich ließ es zu. Sigi legte seinen Arm um meine Schultern, unter die weiße Wunschfuchsstola. Mir war endlich herrlich warm – und wir hatten mehr als einen Grund zum Feiern.

Dank

Dieses Buch entstand im stillen Kämmerlein still für sich allein. Und wäre da nicht das erfolgreiche Piper-Team mit eingebunden worden, dann wäre dieser Roman nie erschienen. Wunder gibt es immer wieder! Ein aufrichtiges, herzliches Dankeschön an Michaela, Maria, Marlene, Monika, Stefanie und allen Kolleginnen und Kollegen für Euren Top-Einsatz!

Einen besonders lieben Dank dafür, dass wir gemeinsam durch die Welt gehen an: Bernd, Nimbur, Hajo, Chrissie, Fredi, Ditta und Marie, Frieda, Ralf, Valerie, Christine, Manfred, Anna, Udo, Ingrid und Familie Föste, Antonio und Team, Oliver, Dr. Bleyer, Friederike S., Herrn Schmitt, Rüdiger, Sabine, Jacques, Max und LaJana, Birgit und Harriet, Gisa & »Die Madamas«, Susanne, Thomas S., Michael, Cordel & Family sowie – last but not least – den himmlischen, geflügelten Helfern. Echte Freunde sind das Glück der Erde.

PIPER BOULEVARD

Freche Frauen bei Piper Boulevard

Liebe Leserin – und lieber Leser,

herzlichen Glückwunsch – Sie haben einen Roman der Reihe Piper Boulevard gekauft. Wir hoffen, Sie hatten viel Spaß bei der Lektüre! Wenn Sie mehr davon lesen möchten, sind Sie bei Piper Boulevard genau richtig. Eine neue Generation von Autorinnen und Autoren erzählt frech und witzig, wie es sich anfühlt, um die Dreißig zu sein: Geschichten voller Wünsche und Erwartungen und der festen Absicht, endlich im richtigen Leben anzukommen. Ob Heiratsanträge in den unmöglichsten Situationen, probate Mittel gegen Herzbeschwerden aller Art oder die geballte Ladung unverhofften Glücks – die Bücher bei Piper Boulevard versprechen Lesevergnügen pur.

Gehen Sie mit einem guten Buch ins Bett.
Oder mit jemandem, der gerade eines gelesen hat.

01/0003/01/R

SERIE PIPER

Katarina Mazetti

Mein Kerl vom Land und ich

Eine Liebesgeschichte geht weiter. Aus dem Schwedischen von Annika Krummacher. 224 Seiten. Serie Piper

Kann das gutgehen: ein Landwirt und eine Bibliothekarin aus der Stadt? Benny und Desirée wissen, daß es nicht einfach wird, aber Desirées biologische Uhr tickt, und sie geben dem Schicksal eine letzte Chance. Und siehe da: Desirée wird schwanger und zieht zu Benny auf den Hof. Doch das Leben auf dem Land ist mehr als gewöhnungsbedürftig …

Warmherzig und witzig erzählt Katarina Mazetti, wie sich die beiden trotz aller Gegensätze zusammenraufen.

05/2031/01/L

Nicole Amrein

Fast echt

Roman. 224 Seiten. Serie Piper

Paula, fünfunddreißig, hat sich bisher immer irgendwie durchs Leben geschummelt – bis sie schließlich per Zufall als Ärztin in der Notaufnahme eines Münchener Krankenhauses landet. Einziger Haken: außer einer abgebrochenen Ausbildung als medizinische Laborantin hat sie keine Qualifikation. Dank gesunden Menschenverstandes und weiblicher List managt sie den Job hervorragend. Zum ersten Mal kehrt Ruhe und Beständigkeit in Paulas Leben ein. Bis sie Tatjana kennenlernt – ein russisches Callgirl auf der Flucht vor ihrem Zuhälter …

Ein unterhaltsamer Roman über die Liebe, das Leben und eine charmante Hochstaplerin wider Willen.

05/2015/01/R

Morten Feldmann

Der perfekte Mann

Roman. 192 Seiten. Serie Piper

Sebastian Busch ist der perfekte Mann: humorvoll, einfühlsam und treu. Als Agent für Filmschauspieler widersteht er allen Versuchungen der Branche. Seine Frau jedoch, so denkt er, betrügt ihn nach Strich und Faden. Lange Zeit versucht er, ihren Lebenswandel zu tolerieren. Aber als sie ihn in einem Kabarettprogramm verwurstet, ist sogar für ihn die Grenze überschritten.

»Morten Feldmann schreibt ausgesprochen komisch über diese windelweiche Frauenphantasie von einem Mann, sein Blick auf den Geschlechterkampf ist angenehm heiter.«
Brigitte

05/2016/01/L

Silke Neumayer

Herz laß nach

Roman. 224 Seiten. Serie Piper

Gerade zweiunddreißig geworden – und schon wieder Single. Charlotte Berg ist mittlerweile Expertin in Sachen »Wie verliebt man sich in den falschen Mann«. Neuerdings hat es ihr Jonas, der attraktive Verlobte ihrer besten Freundin Nina, schwer angetan, und sie fühlt sich natürlich grauenvoll. Und ausgerechnet sie ist die Trauzeugin! Dann muß sie auch noch mit zu den Hochzeitsvorbereitungen nach Italien. Dort trifft sie auf den Trauzeugen Mischa, der sie immer so merkwürdig ansieht…
Überraschend endet dieser rasante Roman über die Liebe und über ein Herz, das zwei Nummern zu groß ist.

05/2020/01/R

SERIE PIPER